# Esperarei por Você

Esperarei por você
Copyright © 2024 by Gabrielle S. Costa
Copyright © 2025 by Novo Século Editora Ltda

**Direção editorial:** Luiz Vasconcelos
**Produção editorial e aquisição:** Mariana Paganini
**Preparação:** Angélica Mendonça
**Revisão:** Karoline Panato Hilsendeger
**Diagramação:** Marília Garcia
**Capa:** Nathália Pinheiro | @nathpinheiro.art

Texto de acordo com as normas do Novo Acordo Ortográfico da Língua Portuguesa (1990), em vigor desde 1º de janeiro de 2009.

Dados Internacionais de Catalogação na Publicação (CIP)
Angélica Ilacqua CRB-8/7057

Costa, Gabrielle S.
  Esperarei por você / Gabrielle S. Costa ; ilustrações de Nathalia Pinheiro. -- Barueri, SP : Novo Século Editora, 2025.
  224 p. : il.
  ISBN 978-85-428-1804-8
  1. Ficção brasileira 2. Ficção cristã I. Título II. Pinheiro, Nathalia

25-1810 CDD-B869.3

Índice para catálogo sistemático:
1. Ficção cristã

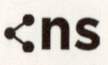

GRUPO NOVO SÉCULO
Alameda Araguaia, 2190 – Bloco A – 11º andar – Conjunto 1111
CEP 06455-000 – Alphaville Industrial, Barueri – SP – Brasil
Tel.: (11) 3699-7107 | E-mail: atendimento@gruponovoseculo.com.br
www.gruponovoseculo.com.br

GABRIELLE S. COSTA

# Esperarei por Você

São Paulo, 2025

A todas as garotas ansiosas.

Que vocês encontrem descanso n'Aquele que as
ama incondicionalmente e jamais partirá seu coração.

"Sobre tudo o que se deve guardar, guarda o coração, porque dele procedem as fontes da vida."

**Provérbios 4:23, Bíblia Sagrada (ARA)**

# Playlist

- Waiting For – Hollyn
- Aquieta Minh'alma – Ministério Zoe
- Espera por Mim – Marcela Taís
- Pequenas Alegrias – Marcela Taís
- Primeiro Amor (Quero Voltar) – Arianne, Priscilla Alcantara
- Descanso – Oficina G3
- Give Me Faith – Elevation Worship
- No Silêncio – Ministério Zoe
- Teu Amor Não Falha – Ao Vivo – Nívea Soares
- Amor Que Enche – Laura Souguellis, Teófilo Hayashi
- Headspace – Riley Clemmons
- Presente de Deus – Sérgio Saas
- To the Moon – Hollyn
- Quando Deus Criou Você – Tatiana Costa, Leonardo Gonçalves
- Fighting For Me – Piano Version – Riley Clemmons
- Metade De Mim – Rosa de Saron

# Capítulo 1

Nada mais parece ter graça quando seu coração está tomado pela saudade. Era assim que me sentia na maior parte dos dias. Sem ânimo para nada, convivendo com a *bendita,* que insistia em me assolar. Mas não naquele momento. Afinal, eu estava prestes a afugentá-la.

Lâmpadas amarelas e multicoloridas pendiam de varais suspensos sobre a praça central de Nova Hortênsia, enquanto cartazes, faixas e placas luminosas indicavam que aquele era o décimo sétimo festival cultural da cidade.

Conforme caminhava, os graves da música alta ressoavam no peito, parecendo intensificar as batidas do meu coração.

Inspirei, sentindo-me abraçada pelo cheiro agradável de churros misturado ao de salgados e crepes.

É verdade que também havia um odor enjoativo de bebida alcoólica e o som estava alto demais para conversar direito, mas não importava. Era sexta-feira e eu estava prestes a rever Lucas depois de seis meses distantes.

— Mel, tem certeza de que você vai ficar bem sozinha? — Stephanie, minha amiga, quis saber enquanto andávamos para o local no qual eu me encontraria com ele.

— Sim, Ni. Não se preocupe. Quando eu for embora, te ligo. — Sorri para tranquilizá-la.

Ni assentiu, retribuindo com um sorriso aflito, porém não falou mais nada. Um pequeno vinco se formou entre suas sobrancelhas e os olhos oblíquos e estreitos, heranças de seu pai japonês, pareciam distantes.

Eu sabia que ela não gostava muito do Lucas, embora não dissesse isso explicitamente. Só falava o tempo todo para eu tomar cuidado. Apesar disso, eu compreendia também que essa aparente implicância era apenas fruto de sua preocupação comigo.

Ele estava próximo à sede da prefeitura, conversando com alguns rapazes. Quando me viu, abriu um largo sorriso e se aproximou.

— Oi, minha linda! — Puxou minha mão e a beijou. — Senti sua falta. — Em seguida, olhou para a Ni. — Olá, Stephanie. Como vai?

— Oi, tudo bem. — Ni forçou um sorriso. Depois, olhou para mim. — Vou indo, então. Nos vemos mais tarde. Qualquer coisa me liga, tá? — Balançou o celular no ar e saiu para encontrar umas colegas.

Seus longos cabelos negros dançavam sobre as costas. Ela era imponente no andar. De longe, as pessoas podiam até pensar que era arrogante, contudo, ao se aproximarem, percebiam o quanto era uma pessoa doce, determinada e leal. Eu a admirava por isso.

Ni era como uma irmã para mim.

Lucas me puxou pela cintura, fazendo-me encará-lo. Seus olhos escuros brilhavam sob as luzes coloridas da praça. Estava sorrindo.

— Você ficou tão diferente! — comentou, puxando algumas mechas douradas do meu cabelo.

Fazia um mês que tinha decidido mudar de visual. Fiz um corte de comprimento acima dos ombros e mechas douradas nos fios, que eram naturalmente castanho-claros. Quando minha mãe me viu voltar do salão, ficou surpresa, uma vez que eu costumava deixá-los longos ou abaixo da linha dos ombros. Ni amou a mudança e disse que tinha combinado muito com meu tom de pele rosado.

Sorri para ele.

— O que achou?

— Está linda! — Levantou o canto dos lábios. — Eu gosto de loiras.

Ergui as sobrancelhas.

— Loiras, é? No plural? — provoquei.

Lucas deu uma risada.

— Não foi isso que eu quis dizer. Eu só gosto de *uma* loira aqui — disse e, em seguida, me beijou.

Envolvi os braços ao redor de seu pescoço, e ele me puxou mais para si. Depois de um tempo, se afastou poucos centímetros do meu rosto e sussurrou:

— Senti saudade.

— Eu também. — Passei a mão por seus cabelos cor de mel um pouco crescidos, que exalavam um agradável cheiro de amêndoa. — Como foi a viagem?

— Foi boa, apesar do trânsito horrível que peguei no Rio. — Depositou um beijo no meu nariz e falou em voz baixa: — Mas valeu a pena, porque agora estou aqui com você.

Meu coração deu um salto. Ainda não parecia real que estávamos juntos de novo. Sentia muita saudade dele. Era difícil morar em cidades diferentes, tendo apenas telas como meio de comunicação.

Lucas e eu tínhamos nos conhecido havia um ano, quando ainda estudávamos na mesma universidade. Na época, ele estava terminando o curso de Engenharia Química, enquanto eu cursava Ciências Biológicas. Tatiana, minha colega de curso, nos apresentou em uma saída com um grupo de colegas. Ele tinha um bom humor e um sorriso sarcástico que me conquistaram logo de início. Passamos a nos encontrar por acaso pelo câmpus e, depois de algumas conversas divertidas, ele me chamou para sair.

Ficamos vários meses juntos, até que no final do ano ele se mudou para a capital do estado, Rio de Janeiro, para cursar seu mestrado. Estávamos longe desde então, conversando apenas por mensagem de texto.

Era bom olhar em seus olhos mais uma vez, sentir seu cheiro, beijá-lo. Não queria me separar dele, porque sabia que demoraria a encontrá-lo de novo.

— O que foi? — ele perguntou, fitando-me.

— Nada, só estou matando a saudade de você.

Lucas riu. Em seguida, acariciou meu rosto e me beijou mais uma vez. Quando me soltou, segurou minha mão.

— Quer dar uma volta?

Assenti e caminhamos pelo centro da cidade.

Nova Hortênsia era uma cidade pequena da região serrana do Rio de Janeiro, com aproximadamente 25 mil habitantes. Mas, em dias de eventos como aquele, ficava lotada. Os moradores locais e os de cidades vizinhas vinham apreciar as atrações e os shows.

O som estava alto perto do palanque, onde ocorria um show de música sertaneja. Ao notar isso, Lucas me levou até uma rua mais calma e nos sentamos na soleira de uma porta antiga. Ele envolveu minha cintura com os braços e deitei a cabeça em seu peito. O cheiro familiar e inebriante de seu perfume percorreu minhas narinas, aquecendo meu coração.

Ergui os olhos para ele e acariciei seu rosto.

— Ei — murmurei, atraindo sua atenção. — Vai ficar até que dia?

Ele ajeitou meu cabelo atrás da orelha.

— Até amanhã à tarde — respondeu, com os olhos pousados nos meus lábios. — Vou embora depois do almoço.

— Mas já? — Endireitei-me para encará-lo melhor.

Lucas achou graça e passou o dedo na ponte do meu nariz.

— É, tenho algumas coisas do mestrado para fazer. E na segunda eu trabalho, esqueceu?

— Que droga — resmunguei. — Queria ter mais tempo com você. Sempre vem correndo e demora uma eternidade pra voltar...

— Pois é, também odeio essa situação, mas é o que temos por agora. — Ele ergueu uma sobrancelha de repente. — Mas bem que você poderia me visitar de vez em quando, né? Tem uns lugares bacanas que eu gostaria que conhecesse.

— Ah... — baixei os olhos — você sabe que é complicado. Seria difícil explicar para os meus pais e... bom, também não tenho parentes por lá para usar uma visita como desculpa.

— Sua amiga não pode te ajudar? Sei lá, dar alguma desculpa por você?

Ergui as sobrancelhas.

— Tá doido?! Claro que não. A Ni é toda certinha, não concordaria com isso. E, embora não tenha falado nada para os meus pais, ela também não inventaria mentiras por minha causa.

— Ela é bem estranha, para falar a verdade. — Torceu os lábios. — Às vezes parece querer me fuzilar com os olhos.

Ri em resposta.

— Ela não é estranha, só é meio desconfiada.

— Mas por que se eu sou um cara tão legal? — Apertou minha cintura e deu um sorriso enviesado, fingindo se gabar. Depois, segurou meu queixo e acariciou minha bochecha com o polegar. — Além disso, como eu poderia partir o coração de uma garota tão bela?

— E por que não? — provoquei, segurando o riso.

— Porque eu te amo. — Beijou a ponta do meu nariz e se afastou para me olhar. — Só quero o melhor para você.

Envolveu minha cintura com as duas mãos e meu coração disparou.

— Também te amo — quase sussurrei —, sinto muito sua falta todos os dias.

Eu o amava tanto que doía saber que em breve nos afastaríamos de novo.

— Eu também, minha linda. — Ele sorriu e uma mecha de sua franja, que parecia estar há algum tempo sem cortar, caiu sobre sua testa.

Estiquei os dedos para ajeitá-la, depois voltei a fitar seus olhos e respirei fundo para me concentrar no assunto que queria introduzir:

— Sabe, tenho pensado muito sobre isso… é… sobre a gente se esconder o tempo todo… Me sinto muito mal por ter que mentir para os meus pais.

Por um instante, o sorriso sumiu de seu rosto, dando lugar a uma testa franzida. Suas mãos afrouxaram minha cintura.

— Como assim "ter que se esconder"? Foi você quem achou melhor que ninguém soubesse… E eu realmente não entendo o motivo, já que é maior de idade e pode fazer o que bem quiser. Ou não pode?

Suspirei e apoiei a mão em seu peito torneado. Ele vestia uma camiseta marrom com gola "V", que mostrava parte da tatuagem na clavícula esquerda. Era o desenho da cadeia de carbono da adrenalina.

— Eu até posso, mas esse não é o problema. — Ergui os olhos. — É que eles são muito tradicionais. Mas, sei lá, eu estava pensando, se você começasse a aparecer lá pelo condomínio como quem não quer nada e tentasse ganhar a confiança deles… acho que poderiam aceitar a ideia numa boa e…

— Ei, calma. — Lucas depositou o indicador nos meus lábios e riu um pouco. — Tudo bem, prometo que vou dar um jeito, tá? Mas agora vamos parar de falar sobre seus pais. Quero aproveitar o pouco tempo que temos juntos. — Fitou meu lábio inferior, delineando-o com o dedo.

Concordei com a cabeça, sem conseguir falar mais nada.

Lucas me beijou e, daquela vez, de modo mais intenso, deixando-me quase sem fôlego. Entreguei-me ao momento, acariciando sua nuca devagar.

Mas então ele desceu os lábios para o meu pescoço, beijando a clavícula, e levantou um pouco as costas da minha blusa azul-marinho de tricô. Isso provocou um arrepio na minha espinha. Não um arrepio bom, mas uma sensação de que aquilo estava errado.

Em seguida, seu alvo foi minha orelha. A sensação ruim só crescia, então, em um impulso, desviei o rosto e o afastei com as mãos.

— O que… foi? — perguntou, com a voz rouca. Seus olhos pareciam confusos.

Respirei fundo para recobrar os sentidos. Para falar a verdade, nem eu entendia o que estava acontecendo.

— É que… eu…

Sem esperar por uma resposta concreta, ele se aproximou novamente. Em uma ânsia surpreendente, encostou os lábios nos meus e passou as mãos quentes pela minha cintura.

— Não, Lucas. — Afastei-o de novo e, retirando suas mãos de mim, e me levantei. — Assim não, por favor.

Olhei ao redor. Estávamos sozinhos naquela rua deserta e a intensidade dos movimentos dele... não parecia certo.

Minha mãe sempre me instruíra a me guardar, e, embora eu não seguisse à risca todos os seus conselhos, também não queria cair em tentação.

Lucas se levantou e me encarou como se eu estivesse verde. Franziu a testa e piscou algumas vezes antes de responder:

— Qual é o problema? Você não gostou dos meus beijos?

— Não é isso. É só que... não quero que você me toque assim. Não acho que seja certo. Essa... essa situação aqui.

Ele bufou.

— Por quê? Virou freira de repente?

Apertei os lábios. Por que ele não entendia o que eu queria dizer?

— Só não me sinto confortável fazendo isso.

Ele curvou os lábios de forma debochada e esfregou a mão na nuca.

— Isso é ridículo, Melissa! — Balançou a cabeça e deu uma risada sem humor. — Sabe o que é mais decepcionante? Eu vim lá do Rio só pra te ver, e agora você me rejeita assim! Ótimo, *ótimo mesmo!*

— Lucas, não é bem assim... — Aproximei-me para tocar seu rosto, mas ele deu dois passos para trás. — Entenda, por favor! Eu só não gosto desta situação aqui! Só isso! *A situação*, não você.

Ele olhou para o lado, mordendo o lábio, e suspirou. Em seguida, voltou o olhar para mim.

— Tudo bem, Melissa. Quer saber? A noite perdeu toda a graça. Estou indo embora. Tchau!

Deu-me as costas e saiu andando pela rua. E eu fiquei ali, paralisada.

# Capítulo 2

Demorei alguns minutos para absorver o que tinha acontecido. Meus olhos começaram a arder e engoli em seco para reprimir as lágrimas.

Um barulho de latinha caindo no chão me fez estremecer e percebi que ainda estava naquela rua deserta. Senti um toque frio no ombro e dei um pulo. Quando olhei para trás, um homem bêbado começou a falar embolado:

— Meni-na booni-ta! — O bafo de álcool embrulhou meu estômago.

Dei um passo para trás. O homem se aproximou outra vez, estendendo a mão para mim. Desviei para o lado e ele quase caiu. Mal conseguia ficar de pé.

Um calafrio percorreu meu corpo. *Meu Deus, me ajuda!* Dei mais dois passos para trás, sem desviar os olhos dele, que continuou falando coisas desconexas. Não respondi nada. Dei-lhe as costas e segui rápido em direção à praça central com o coração apertado.

*Por favor, Senhor, não deixe esse homem me fazer mal!*

— EI! — o bêbado gritou, e eu estremeci. Ele parecia cada vez mais perto.

Corri sem olhar para trás e entrei em uma lanchonete. Sentei-me em uma cadeira de plástico e liguei para Ni, mas caiu na caixa postal.

Uma garçonete se aproximou e perguntou se eu desejava algo. Um pouco ofegante, pedi uma água, e ela se retirou. Minha cabeça estava girando e eu mal conseguia controlar a ardência insistente nos olhos. De certo modo, ainda não acreditava no que tinha acabado de acontecer.

A culpa me invadiu. *Se eu não tivesse reagido daquela forma, o Lucas ainda estaria comigo... Será que não exagerei?*

Mas e aquele incômodo no peito?

Eu não conseguia simplesmente ignorá-lo.

Quando a garçonete voltou com a água, vi minha amiga passando pela calçada do outro lado da rua, olhando de um lado a outro.

— Ni! — chamei-a, mas ela não ouviu, por causa da música do show. Então, berrei, acenando: — NIIII!

Ela olhou para mim e atravessou a rua, acompanhada de uma de suas colegas, Bruna — uma garota baixa de cabelos castanho-claros cacheados e quadril largo.

— Mel, finalmente te encontrei! Não consegui te ligar. Meu celular descarregou e o da Bruna está sem sinal. Você está bem? Aconteceu alguma coisa? E por que está aqui sozinha? — metralhou-me com perguntas.

— Cruzes, garota! — Bruna falou para Ni. — Respira primeiro, você nem deu tempo para a Melissa responder.

Obedecendo, ela respirou fundo antes de repetir a pergunta:

— Você está bem?

Balancei a cabeça, assentindo, e bebi um gole de água para me acalmar.

— O que aconteceu? Por que está com essa cara? — Ni franziu a testa e apertou os lábios. — Foi o Lucas, não foi? O que ele fez?

Lancei-lhe um olhar de repreensão. Não queria falar sobre meu relacionamento na frente de Bruna.

— Olha, vou deixar vocês conversarem — Bruna disse, parecendo compreender minha apreensão, depois deu batidinhas no meu ombro, oferecendo-me um sorriso fraco. — Se cuida, Melissa.

Concordei com a cabeça e lhe devolvi um sorriso.

Em seguida, ela se virou para Ni.

— Nos vemos segunda, tá?

Ni assentiu e se despediram com beijinhos no rosto. Assim que a garota foi embora, minha amiga puxou uma cadeira e se sentou ao meu lado.

— Fala, Melissa! Estou ficando preocupada. — Segurou minha mão sobre a mesa. — O que aconteceu?

Pensando bem, talvez não devesse contar o que tinha acontecido, pois isso só a deixaria com mais raiva dele. Eu não queria piorar as coisas. Além do mais, talvez tudo aquilo fosse minha culpa. Afinal, ele só foi embora porque ficou surpreso e chateado com a *minha* atitude.

*Não era para menos... né?*

— Ah, bem... Não foi nada demais. Nós só brigamos e ele foi embora.

*A quem eu estava tentando enganar?*

— Sei. — Apertou os lábios, provavelmente desvendando minhas mentiras. — E brigaram por quê?

— Ah, não foi nada demais! Depois te falo. Mas vamos embora, por favor. — Pus-me de pé.

Ni continuou me encarando com um semblante preocupado e semicerrou os olhos, tornando-os quase duas pequenas linhas sobre as sardas.

— Tudo bem, mas você tem que me explicar isso depois!

— Tá. Depois!

Ela se levantou e nos levou de volta ao condomínio em seu *hatch* preto. No estacionamento, despedi-me depressa e subi os três andares do prédio até o apartamento.

Meus pais estavam na sala, assistindo a um filme de guerra na televisão.

— Oi, filha — meu pai disse.

— Como foi? — minha mãe quis saber. — A rua estava muito cheia?

— Aham, lotada — respondi sem olhar para eles e me dirigi para o corredor. — Amanhã a gente conversa. Boa noite.

— Boa noite... — Ouvi a voz da minha mãe enquanto eu entrava no quarto.

Tranquei a porta, troquei de roupa e me joguei na cama.

Não queria que me vissem chorar. Sabia que Ni não tinha engolido a desculpa e uma hora teria que lhe contar a verdade. Mas meus pais não podiam desconfiar de nada, sobretudo quando pensavam que eu tinha ido ao festival para passear com minha amiga, não para me encontrar com um rapaz.

Eles não faziam ideia do meu relacionamento, e eu muito menos poderia contar o ocorrido. Meu pai não aprovaria se soubesse que Lucas não professava a mesma fé que eu. Além disso, era muito cedo para revelar a eles nosso romance. Quem sabe, quando fosse mais sério...

Se bem que, depois do que aconteceu, eu não tinha mais certeza se ainda estávamos juntos.

# Capítulo 3

Fazia uma semana que Lucas não falava comigo. Também não lhe enviei mensagem alguma. Precisava ter o mínimo de orgulho próprio e manter o controle. Muito embora o silêncio estivesse me sufocando. O fato de não saber se voltaríamos a ficar bem me angustiava.

Era sábado, e eu não tinha muito o que fazer. Então, desci à área comum do condomínio e me sentei a uma das mesinhas de cimento para ler um livro. Ou tentar...

Já era a quinta vez que relia a mesma frase. Apesar de ser um livro de romance, o meu gênero favorito, era praticamente impossível ler sobre aquele casal e não pensar em Lucas.

Naquele momento, na verdade, eu só sentia vontade de chorar. Se não estivesse em um lugar público, teria feito isso.

Engoli as lágrimas, fechei o livro e deitei a cabeça na mesa.

Não sei quanto tempo se passou, mas senti o celular vibrar no bolso do casaco. Meus batimentos dispararam.

Era uma mensagem de Lucas.

**Lucas**

Oi, minha linda, sinto sua falta. O que tá fazendo por aí?

Estremeci.

*Assim, do nada, um "sinto sua falta"?*

Digitei "Está tudo bem? Pensei que estivesse chateado...", mas apaguei em seguida. Talvez só estivesse ocupado durante a semana, por isso tinha sumido de repente...

Oi, tô fazendo nada de bom. E você?

Ele respondeu quase imediatamente:

> Pensando em você.

Meu coração se derreteu. Quase escrevi "eu também", mas esperei para ver o que ele estava digitando.

> Tá em casa?

> Tô.

> Pode me encontrar na portaria em dez minutos?

Ergui as sobrancelhas.

> Você tá em Nova Hortênsia?

> Sim. Vim rapidinho e quero te ver. Podemos nos encontrar?

> Claro!

*Ai, meu Deus!*

Corri até o apartamento para arrumar meu cabelo e verificar minha aparência. Em seguida, desci para esperá-lo na portaria.

Ele já estava parado do lado de fora, encostado no carro sedan cinza. Abriu um sorriso largo ao me ver. Vestia um casaco de moletom azul-marinho, com o símbolo do curso de Engenharia Química bordado em laranja, e uma calça jeans escura.

Mordi o lábio para conter um sorriso e me aproximei devagar.

— Ei — falei baixo —, não sabia que viria.

Ele se desencostou do carro e deu um passo à frente para ficar perto de mim.

— Não estava nos meus planos, mas senti muita saudade e quis te ver — disse, fitando-me, e colocou meu cabelo atrás da orelha. — Cheguei há pouco e vou embora ainda hoje.

— Depois do que aconteceu, eu pensei que...

— Me desculpe — ele me interrompeu com a voz serena e acariciou meu rosto. — Eu não devia ter ido embora daquele jeito.

Apertei os lábios e baixei os olhos.

— Você não falou mais comigo, então achei que tudo estivesse acabado...

Ele ergueu meu queixo, forçando-me a olhá-lo.

— Claro que não, meu amor. Só fiquei um pouco chateado no começo, mas acho que a causa disso foi o excesso de estresse devido ao trabalho. Desculpe, acabei descontando em você. — Ele vincou as sobrancelhas e passou o polegar na minha bochecha. — Senti muito sua falta. Não quero que a gente fique mal por uma bobeira. Você me perdoa?

Abri um sorriso e assenti com a cabeça.

— Também senti sua falta.

Em resposta, ele me beijou devagar. Depois, se afastou e sorriu.

— Tenho um presente para você. — Foi até o carro, pegou do banco do carona uma rosa vermelha, envolta em plástico decorado, e voltou para me entregar.

Ergui as sobrancelhas. Embora não fosse muito fã de flores cortadas, aquela tinha um significado especial, então ofereci-lhe um pequeno sorriso.

— Obrigada. É linda. — Fechei os olhos para sentir seu perfume.

Lucas envolveu minha cintura e sussurrou perto do meu ouvido:

— Você é mais.

Estremeci, sentindo cócegas. Ele inspirou meu perfume e abri os olhos quando beijou minha bochecha, depois meu nariz. Em seguida, ficou a poucos centímetros do meu rosto, como um convite para que eu o beijasse, então segurei sua nuca e apaguei a distância entre nossos lábios, desejando que o tempo parasse ali.

Era incrível como sua presença dissipava minhas dúvidas, medos e inseguranças.

O celular dele vibrou no bolso do casaco, sobressaltando-nos. Ele murmurou e se afastou um pouco para verificar a tela. Desligou a ligação e voltou a me abraçar. Mas o aparelho tocou de novo.

Ele xingou e atendeu:

— Oi, mãe. Já vou. Depois te ligo, beijo. — Desligou. Em seguida, olhou para mim e soltou um suspiro. — Tenho que ir. Meus pais estão me esperando para almoçar. Depois eu vou voltar para o Rio.

— Ahn... mas já? — choraminguei, colocando os braços em volta do seu pescoço.

— Uhum. — Ele me abraçou, afundando o rosto no meu cabelo. — Sábado que vem eu volto para te ver com calma.

— Promete?

— Prometo. — Afastou-se para me olhar de novo. — Vou sentir saudade.

— Eu também.

Ele me deu um selinho e se despediu. Logo depois, entrou no carro e deu a partida. Com a rosa nas mãos, o observei se afastar até que sumisse de vista.

Assim que passei pelo portão de entrada, dei uma olhada para o porteiro, que parecia entretido na tela de segurança. Por um instante, tinha me esquecido de que era arriscado encontrar Lucas ali.

Se bem que o rapaz que estava escalado naquele dia era novo e parecia muito reservado, não era dado a conversas.

Era um alívio que não fosse seu Inácio, pois ele conhecia bem meus pais e adorava comentar sobre a vida dos condôminos, mesmo que sem maldade. Considerava isso um passatempo.

Torci para que aquele rapaz não dissesse nada a ninguém e segui até a área comum do condomínio. Sentei-me novamente à mesinha de cimento na qual tinha deixado meu livro e fiquei observando a rosa.

— Que animação é essa, hein?

Ergui a cabeça, sobressaltada, e vi Ni de pé ao meu lado, segurando sua poodle branca no colo.

— Não sei que animação — respondi, endireitando a coluna.

— Ah, tá. E esse sorrisinho bobo na sua cara é o quê? Tristeza?

Estalei a língua.

— É impossível esconder algo de você, né?

Ela me deu um sorriso largo, deixou a cadela, Penélope, no chão e sentou-se no banquinho de frente para mim. A cachorrinha correu animada pelo gramado.

— Vai me dizer o motivo dessa cara de boba ou não? — Cruzou os braços, depois ergueu uma sobrancelha. — E essa flor? Não me diga que foi aquele *Lucas* que resolveu aparecer de novo e te deixou assim.

— Foi.

— Ai, Melissa! Você não toma jeito. Ele some, mas do nada aparece e você já cai aos pés dele.

— Ah, para de implicância, vai!

— Não é implicância. Só acho que ele é meio estranho. Faz o que quer e te deixa aí fissurada, totalmente dependente. Isso não é normal. Outro dia mesmo você estava chorando pelos cantos, com cara de morta. Além disso, estou esperando a história sobre o que houve no festival.

Mordi o lábio inferior. Seria um péssimo momento para contar tudo a ela, portanto me fiz de desentendida:

— Não foi nada demais. Agora estamos bem.

— Sei lá. Não confio nesse cara — disse e logo completou a contragosto: — Mas já que é o que você quer, não posso fazer nada. Só, por favor, tome cuidado, viu?

Assenti. Penélope latiu e desviamos o olhar para ela, que brigava com um pássaro na árvore. Achei graça da cena.

— Olha, mudando de assunto — Ni chamou minha atenção de novo. — Estou pensando em dar uma volta no centro no sábado que vem. Preciso comprar umas coisas. Quer ir comigo? Depois podemos tomar um sorvete.

— Ah, não vai dar. Já tenho um compromisso... — Coloquei as mãos nos bolsos do casaco de moletom.

— Compromisso? Com quem?

— O Lucas vem me ver. — Apertei os lábios para conter um sorriso e evitar o assunto sobre eu estar com cara de boba, "caindo aos pés dele".

— Hum, então era por isso que estava sorrindo?

— É. Ele me pediu perdão e disse que sentiu minha falta.

Ni revirou os olhos, mas não falou nada. Em vez disso, se levantou.

— Bom, preciso voltar para casa. Vou estudar um pouco, pois tenho prova segunda. Se cuida, tá?

Balancei a cabeça, concordando. Ela pegou a cadela e saiu.

Aproveitei a deixa para voltar para casa também.

Quando entrei, minha mãe estava arrumando a mesa para o almoço. Ela ergueu as sobrancelhas ao me ver.

— Que rosa é essa?

*Droga, esqueci que ela poderia perguntar!*

— Ah, é... hã... um cara passou entregando na rua. — Dei um sorriso amarelo e estendi a flor para ela. — Quer para você?

Ela apoiou a mão em uma das cadeiras.

— Um cara, é? E você foi à rua fazer o quê?

— Ah, fui dar uma volta rápida no parque. — Mordi o lábio. Odiava ter que mentir para ela, mas o que eu poderia fazer?

— Hum. — Observou-me por alguns segundos, talvez tentando me pegar na mentira.

Deixei a flor em cima da mesa.

— Pode ficar com ela. Vou tomar um banho. — Fui direto para o quarto, peguei as primeiras peças de roupa que encontrei e me enfiei no banheiro.

*Essa foi por pouco!*

# Capítulo 4

O restante da semana se arrastou. Tentei me ocupar com os estudos da faculdade, mas era difícil. Minha mente ficava indo e voltando para Lucas.

Era manhã de sexta-feira, um dia antes do nosso reencontro. Desci do ônibus e segui para o prédio principal da universidade, onde ocorreria a aula de Genética.

Enquanto aguardávamos o professor na sala, abri minha conversa com Lucas. Ele não havia enviado mais mensagens. O que era normal, já que vivia ocupado.

Mas isso, de algum modo, me deixava inquieta.

Era ruim ter que esperar por míseros momentos em que pudesse conversar com ele. Odiava aquela distância.

Bom, pelo menos só faltava um dia para nos encontrarmos.

Tatiana sentou-se à minha frente e virou o corpo de lado para me olhar. Então, bloqueei a tela e voltei minha atenção a ela. Seu cabelo escuro estava preso em um rabo de cavalo, o rosto estava pálido e abaixo dos olhos havia uma camada generosa de corretivo.

— Mel, você tem as anotações da aula passada?

— Tenho.

Ela pegou minha caneta e a girou entre os dedos.

— Pode me emprestar? Eu perdi a hora semana passada. — Tapou a boca para segurar um bocejo. — Odeio essas aulas matutinas.

— Empresto, sim. Pegue comigo depois da aula.

— Obrigada, você é uma amiga — brincou, usando a frase do corvo Jubileu, de *Pica-Pau*, e eu soltei uma risada.

Naquele instante, o professor chegou à sala, então ela se virou para frente. Enquanto ele ligava o projetor, meu celular vibrou sobre a mesa. Peguei-o, ansiosa. Todavia, logo soltei um suspiro desanimado ao ler a mensagem:

**Lucas**
Oi, linda. Desculpe, tenho que cancelar nosso encontro.

> Não vou conseguir ir à Nova Hortênsia, pois surgiu um imprevisto. Nos vemos outro dia, se cuida.

Respirei fundo e me recostei na cadeira.
Um calafrio incômodo voltou a se instalar no meu peito.

Como não tinha mais qualquer compromisso no sábado à tarde, decidi aceitar o convite de Ni. Enviei-lhe uma mensagem confirmando e fomos caminhar pelo centro da cidade.

Não estava frio, embora já fosse início do inverno. Logo, como amávamos qualquer desculpa para tomar um sorvete, fomos à sorveteria Flocos de Neve.

— Tenho uma boa notícia. — Ela deu uma colherada no sorvete e sorriu. Suas pequenas sardas, quase imperceptíveis sobre a pele de tom bege, se esticaram debaixo dos olhos.

— Qual?

— Consegui o estágio no escritório Lopez & Souza! Começo daqui a duas semanas, em julho. — Seus olhos reluziam de alegria.

— Que bom, Ni!

— Tô ansiosa. — Riu e deu outra colherada no sorvete. De súbito, ergueu as sobrancelhas enquanto olhava para as portas de vidro da sorveteria. — Olha! Aquela não é a Mari?

Virei o rosto e vi Mariana entrando. Já fazia cinco anos que não nos víamos. Apesar do tempo, ela não mudara muito. Os cachos agora estavam bem mais delineados, na altura dos ombros, e a pele de tom terracota parecia mais pálida. Mas o rosto pequeno e os olhos cor de abacate eram inconfundíveis. Ela continuava a menina supermagra e sorridente de que me lembrava.

— Mari! — chamei-a.

Ela se virou em minha direção, ajeitou os cachos soltos atrás da orelha e franziu levemente as sobrancelhas, parecendo em dúvida, mas não demorou muito para abrir um sorriso.

— Mel? É você?! — Aproximou-se. Assenti e ela me abraçou. — Nossa, que bom te encontrar! Gostei do cabelo — elogiou-me, depois cumprimentou Stephanie.

— Não sabia que estava por aqui — Ni comentou.

— É, nós voltamos pra cá há algumas semanas. Meu pai foi enviado pra assumir uma congregação daqui.

Bem que eu ouvira meus pais comentando sobre o pai dela ter se tornado pastor anos atrás. Meus pais eram muito amigos dos tios maternos dela, portanto tinham notícias deles vez ou outra. Só que eu tinha perdido seu número e suas redes sociais. Não conseguia encontrá-la nem no perfil da tia, porque a mulher tinha uma lista de amigos privada.

— Foi bom ver vocês, meninas — Mari disse.

— Ei, senta com a gente, vamos papear — Ni sugeriu.

— Ah, não vai dar. Felipe tá me esperando lá fora. Só vim comprar uns sorvetes rapidinho. Mas podemos marcar uma saída depois, o que acham?

Ouvir o nome do irmão dela me fez sentir uma pontada de curiosidade sobre como ele estaria.

Eu tinha um carinho muito grande por ele, pois fora o meu primeiro amor — ainda que nunca tivesse olhado para mim como nada além de uma amiga da sua irmã mais nova.

Àquela altura, a paixão já tinha desaparecido fazia anos, mas o apreço por ele permanecia. Pelos dois, na verdade! Afinal, fizeram parte de minha infância e adolescência.

— Ah, Mari — chamei sua atenção —, pode me passar seu número?

— Claro.

Entreguei-lhe meu celular para que salvasse seu contato.

— Mas é para marcar mesmo, viu? — Ergueu uma sobrancelha, brincando com o fato de que as pessoas em geral não cumprem com esse "vamos marcar". — Quero conversar com vocês com calma.

— Pode deixar, tem minha palavra. — Ni deu uma piscadela.

Mariana deu uma risada e se despediu.

Depois de terminarmos o sorvete, Ni e eu voltamos para o meu apartamento, pois ela dormiria lá naquela noite. Passamos o resto da tarde assistindo a filmes românticos e conversando amenidades.

Depois do jantar, fomos para o quarto e navegamos na internet até o sono surgir. Aproveitei para entrar no Instagram de Lucas e matar a saudade.

Havia fotos dele na praia e em pontos turísticos da cidade. Em uma delas, usava óculos escuros, estava sem camisa e os cabelos estavam molhados, jogados para trás.

Ver aquelas fotos trouxe à tona um desejo que vinha guardando há um certo tempo. Queria poder publicar uma foto das que havíamos tirado para que todos vissem que estávamos juntos, mas, ao que tudo indicava, ainda era cedo. Assim, eu apenas as guardava no celular como um tesouro secreto.

Era difícil ocultar nosso relacionamento da minha família.

Não era bem um namoro, para falar a verdade. Bom, pelo menos nunca houve um pedido oficial, até porque meus pais não sabiam de nada. Estávamos, sim, comprometidos um com o outro, só que no sentido de não sairmos com mais alguém. Talvez, se não estivéssemos tão longe, as coisas fossem diferentes, melhores...

Suspirei.

Após ver a maioria das fotos, cliquei na aba "marcado" por curiosidade. *Maldita curiosidade!*

A publicação mais recente me fez estremecer: uma loira estava do lado direito dele, pendurada em seu pescoço. Um rapaz estava do outro lado, segurando um copo de bebida e sorrindo. Uma tal de Clarissa Hamsh tinha feito o post. A legenda dizia "Noite maravilhosa!!! Amo vocês!" com vários emojis de coração.

Sentei-me na cama. Com o movimento, Ni também se ergueu do colchão em que estava deitada.

— O que houve?

Meu rosto devia estar transparecendo a mistura de surpresa e inquietação que sentia. O maior problema nem era a foto em si, mas a hora da publicação. *Há 15 minutos.*

Ni roubou meu celular para ver o que me assombrava e arqueou as sobrancelhas. Voltou os olhos para mim, esperando que eu falasse alguma coisa.

Eu não conseguia.

Não acreditava no que tinha visto.

Lucas disse que não poderia me encontrar porque estaria ocupado. Mas *esse* era o imprevisto? Ir a uma festa com outra garota?

*Clarissa Hamsh. Conhecia esse nome de algum lugar...*

Abri o perfil da loira, que era desbloqueado, e então a resposta veio: era a ex do Lucas.

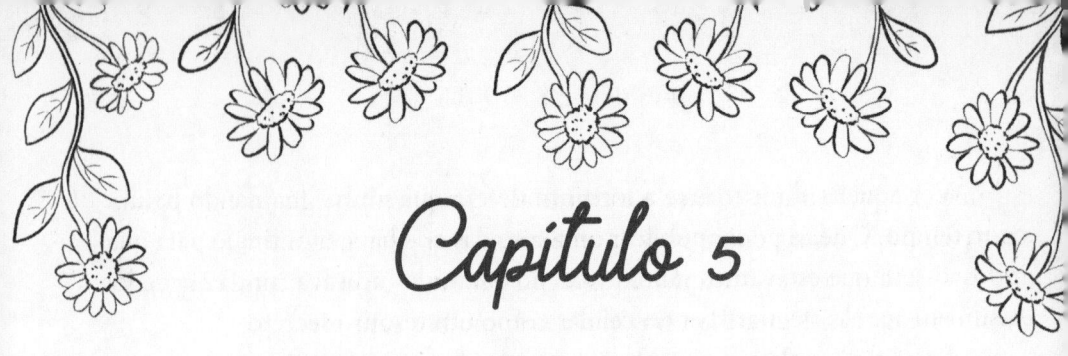

# Capítulo 5

Não aguentava mais olhar para a cara de interrogação da minha amiga, tive que explicar o que estava acontecendo.

— Essa é a *ex* dele? O que ela tá fazendo lá? Não morava aqui em Nova Hortênsia? Isso é muito estranho, Melissa!

*Pois é. Exatamente!*

Um nó se formou na minha garganta.

— Você acha que... — Me contive, mas a mente me traiu, pensando nas piores possibilidades.

Senti um calafrio.

Ni apoiou o celular na cama e me fitou.

— Não sei, amiga. Mas você sabe o que penso sobre vocês namorarem, ainda mais escondido. E até agora não me contou o que aconteceu naquele dia. Eu sei que não foi só uma briguinha. Parecia prestes a chorar! Então, vai, me conta logo a verdade! O que aquele idiota fez?

Olhei para minhas mãos e cruzei as pernas sobre o colchão. Era difícil dizer tudo em voz alta, sobretudo para uma amiga tão protetora quanto a Ni.

Respirei fundo e finalmente falei o que havia acontecido.

— Aquele idiota te largou lá sozinha? Mas é um *ridículo* mesmo! — Seu tom de voz ficou alterado.

— Xiiiu! — sussurrei. — Você vai acordar meus pais.

— Foi mal — murmurou. — Mas sabe, Mel, depois disso tudo, ainda acha que esse relacionamento é bom para você? Vocês têm crenças diferentes, princípios diferentes. Acha mesmo que isso pode dar certo? E, principalmente, já perguntou a Deus se é o que Ele quer?

Recostei-me na cabeceira da cama.

— Não sei. Nunca pensei desse modo...

*Será que deveria?*

Como cristã, já ouvira' de outras pessoas, inclusive da minha mãe, sobre o dever de se pedir orientação a Deus antes de se relacionar com alguém. Mas, apesar de nunca ter orado por isso antes, eu sempre acreditara, sim, que Lucas era a pessoa certa para mim. Afinal, como poderia ser errado amar e ser amada?

— Então pense — minha amiga continuou. — Tenho certeza que, se pedir orientação a Deus, Ele vai te mostrar o melhor caminho.

Concordei e fiquei em silêncio por alguns minutos. Ni apoiou a mão sobre a minha, fazendo-me olhar para ela, e sugeriu que orássemos.

Fechamos os olhos e ela pediu que Deus me desse direção e clareasse minha mente para enxergar as coisas conforme o olhar d'Ele, não o meu.

Na manhã seguinte, fomos à igreja. Antes de sair, mandei uma mensagem para Lucas, dizendo que precisávamos conversar.

Depois do culto, Ni voltou para casa, e eu e meus pais fomos almoçar na casa de vovó Margarida. Fazia tempo que eu não a visitava.

Após o almoço, vovó e eu nos sentamos nas cadeiras de vime que ficavam do lado esquerdo da varanda.

— Ei, querida, como vai a faculdade? — ela puxou assunto, fitando-me com os olhos castanhos e grandes.

Meu pai herdou essa característica dela, além dos cabelos negros e lisos, que agora estavam grisalhos. A pele clara dela era marcada pelas rugas da idade e pequenas manchas marrons, fruto de muito trabalho debaixo do sol.

— Vai bem.

— Qual é o nome do que você estuda mesmo? — Sempre esquecia e perguntava toda vez que eu ia até lá.

— Ciências Biológicas.

— Ah, é. Você estuda animaizinhos, não é?

— Mais ou menos isso. Estudo os seres vivos em geral e o que envolve a vida deles.

— Entendi... Bom, se você gosta, está ótimo! — Ela sorriu.

Retribuí o sorriso e balancei a cabeça em afirmativo.

— Gosto, sim.

Como ela não disse mais nada, desviei os olhos para a rua. As grades brancas de metal da fachada, que envolviam o jardim, eram baixas. Assim, dava para ver tudo o que se passava lá fora.

Apesar disso, minha mente viajava para longe. As dúvidas sobre Lucas não saíam da cabeça, nem mesmo enquanto minha avó comentava sobre algo que acontecia na rua.

A distância machucava. Não apenas a física, medida em quilômetros, mas também a que parecia estar entre nossos corações. Esta feria mais que a outra.

Era estranho que Lucas sumisse por semanas e aparecesse do nada para falar comigo, dizendo que estava com saudade. Alegrava meu coração por um breve momento, porém depois desaparecia de novo.

Eu evitava questioná-lo sobre isso, pois não queria parecer incompreensiva. Afinal, ele tinha o trabalho e o mestrado, mas será que não poderia dar um jeito de me enviar uma mensagem?

Além disso, o fato de não termos nos encontrado e logo depois ele ter ido a uma festa com outra me deixava em alerta.

Talvez Ni estivesse certa sobre ele... E se essa não fosse a vontade de Deus para mim?

— Querida? — vovó me chamou.

Olhei para ela.

— Oi, vovó?

— Você está bem? Parecia distante.

— Tô. — Sorri, sem jeito. — Só estava pensativa.

— Hum... E isso, por acaso, tem a ver com algum rapaz bonito?

— Um pouco. — *Na verdade, muito. Tudo a ver.*

— Sei... É seu namorado?

— Tipo isso. Eu gosto dele, sabe? E ele gosta de mim, eu acho... Mas é complicado.

Eu poderia *mesmo* contar isso a vovó Margarida?

Bem, ela sempre foi uma boa confidente, e eu sabia que não me criticaria, como minha mãe faria...

— É que ele mora em outra cidade, então a distância às vezes atrapalha — confessei.

— E como se sente a respeito da distância?

— É difícil. — Desviei o olhar para o jardim e suspirei. — Queria estar ao lado dele, mas não posso. Então as coisas têm ficado um pouco estranhas ultimamente. Às vezes, ele fica semanas sem falar comigo, apesar de dizer que sente minha falta. Isso me deixa confusa, angustiada, sabe?

— Se você se sente assim, por que continua com ele?

— Não sei... Quero dizer, eu gosto muito dele. Mas na maioria do tempo é cansativo, para falar a verdade.

— Bem, se isso te faz mal, não faz sentido continuar.

Não consegui responder.

Minha avó tocou minha mão com suavidade.

— Minha querida, o que não faz bem ao coração não é a vontade de Deus para nós. Por que viver de migalhas, se você pode ter mais do que isso? Um dia, vai encontrar alguém que te dê valor, que te respeite e te ame verdadeiramente. Quando acontecer, o amor vai ser recíproco. Não insista em algo que não faz bem ao coração, só porque quer ter alguém ao seu lado.

*O que não faz bem não é a vontade de Deus.* Essas palavras perfuraram meu coração como uma estaca.

— É... pode ser — concluí e voltei a fitá-la.

Vovó deu um pequeno sorriso, se levantou e entrou na casa. Sua baixa estatura e o corpo magro a faziam parecer frágil.

Antes que me sentisse sozinha, ela voltou segurando uma caixa de madeira e sentou-se de novo ao meu lado. Bateu a mão no meu joelho e me olhou nos olhos.

— Minha neta linda, vou te contar uma história... — Recostou-se na cadeira. — Quando eu era jovem, namorei um rapaz muito bonito, sabe? Era muito apaixonada por ele. Ficamos juntos por alguns anos, mas ele era um mulherengo!

"Uma vez, descobri que ele tinha me traído. Fiquei muito triste e quis terminar tudo. Ele, se dizendo arrependido, veio atrás de mim, insistindo para voltarmos, porque me amava muito. Como ainda gostava muito dele, resolvi lhe dar outra chance. Só que, depois de um tempo, ele voltou a me trair. Saía por aí e beijava outras moças.

"Quando me contaram tudo, eu fiquei arrasada! Então, decidida a não sofrer mais, escolhi me valorizar e terminei tudo; não quis mais vê-lo."

Ela voltou a olhar para mim e sorriu.

— Uns anos depois, conheci Jesus e o aceitei como Salvador. Com Ele, finalmente encontrei sentido para minha vida. Nunca mais saí da Sua presença. Mas, aos 30 anos, eu ainda tinha o desejo de encontrar uma pessoa especial, com a qual eu formaria uma família, sabe? Foi aí que me disseram que eu deveria pedir a Deus que preparasse meu companheiro. Então, decidi orar pelo meu futuro marido.

"Claro que, naquela época, a maioria das minhas amigas já estava casada, mas eu tive a certeza de que Deus faria o melhor na minha vida.

"Por isso, enquanto esperava, escrevi cartas ao meu futuro esposo. Todos os momentos em que me sentia ansiosa, escrevia para aquele que um dia estaria ao meu lado. Contava como me sentia e como estava sendo minha espera. Foi um passo de fé, eu confiava que Deus estava cuidando de tudo."

Seu olhar transbordava de alegria enquanto narrava.

— Bom, o desfecho você já sabe. Conheci seu avô aos 34 anos. Ele também era temente a Deus e estava procurando alguém que amasse o Eterno em primeiro lugar. Foi bom confiar em Deus, Ele realmente preparou tudo! — Deu uma risadinha. — Nos casamos e vivemos juntos por muitos anos, até que o Senhor o levou para perto. A família linda que tivemos foi Deus quem nos deu. — Vovó segurou minha mão. — Se não tivesse iniciado as cartas, talvez não tivesse você.

Suas palavras aqueceram meu coração e sorri também.

— Que lindo, vovó! Não sabia que tudo tinha ocorrido dessa maneira. Também queria viver algo especial assim...

— Então, confie em Deus, menina! Espere n'Ele e guarde seu coração. Deus sabe o que faz, Suas obras são perfeitas. Por isso, quero que fique com essa caixa e também escreva cartas para o seu futuro marido. — Estendeu a caixa de madeira para mim. — Nos momentos mais difíceis, quando você pensar em desistir, escreva uma carta e guarde-a aqui. Quando encontrá-lo, após se casarem, entregue-as a ele para que saiba o quanto foi importante todo esse caminho.

— Obrigada, vovó! — Sorri novamente, aceitando o presente. — E a senhora, também entregou as suas para o vovô?

— Claro. Ele amou! Você também vai encontrar uma pessoa especial. Só precisa ter paciência e confiar em Deus.

Assenti, embora não quisesse pensar na possibilidade de Lucas não ser a pessoa certa para mim. Ela me abraçou em resposta.

Mais tarde, ao chegar em casa, fui para o quarto guardar a caixa que vovó me dera. Sentei-me na cama para observá-la. Era de formato retangular e feita de madeira em tom claro. A tampa estava presa à parte inferior por pequenas dobradiças. Em cima, havia um monograma esculpido, com as iniciais M.V., de Margarida Veiga. A fechadura, composta de uma espécie de alça de metal na tampa, se prendia ao pino na parte inferior da caixa.

Estava vazia.

Deitei-me na cama, pensando em tudo o que ouvira mais cedo. Precisava conversar com Lucas, entender o que estava acontecendo entre nós e tentar resolver as coisas. Não podia mais viver com aquele peso no coração.

Assim, tomei uma decisão. Respirei fundo, fechei os olhos e orei mentalmente:

*Deus, por favor, me ajude a entender Sua vontade! Me mostre se é isso que o Senhor quer. E, se não for, tire esse sentimento de mim, me ajude a terminar com ele e a superá-lo!*

Também pedi um sinal: se fosse da vontade d'Ele que eu continuasse com esse relacionamento, que o Lucas me respondesse até o dia seguinte e tudo se resolvesse. Mas, se não fosse, que a resposta demorasse mais que um dia para chegar ou que simplesmente não viesse.

# Capítulo 6

O telefone de casa tocou às dez da manhã, despertando-me. A noite anterior tinha sido péssima. Quase não havia conseguido dormir, virei a noite com a cabeça a mil.

Fazia dois dias desde a oração, e eu sabia qual tinha sido a resposta de Deus. Lucas não respondera à mensagem nem falara mais nada comigo. Isso significava que eu tinha recebido um *não*.

O som do telefone fixo ecoava por todo o apartamento. Coloquei o travesseiro sobre a cabeça, que latejava de dor, para tentar abafá-lo.

Só queria voltar a dormir. Não tinha aula naquele dia, pois era feriado na cidade onde a universidade estava localizada.

— Será que ninguém está escutando o telefone?! — gritei, ainda deitada.

Nada.

Soltei um gemido e me levantei. Uma pontada forte na cabeça fez minha vista escurecer. Tive que me sentar na beirada do colchão para recuperar os sentidos. Depois que consegui, me ergui devagar.

Cambaleei pelo corredor em direção à sala e bati com a perna na quina da mesa de jantar. Praguejei baixinho, sentindo a nova dor.

Meu dia estava ótimo!

Segui até a mesinha ao lado do sofá e peguei o aparelho sem fio, sem nem olhar o número na tela.

— Alô? — atendi com desânimo, por causa das dores.

— Maninha, é você?! — A voz aguda de Helena soou do outro lado da linha. — Finalmente alguém atendeu! Vocês estavam dormindo, é?

Franzi a testa, com a cabeça sendo martelada por suas palavras.

— Oi, Lena — respondi, não na mesma empolgação que ela. Meu corpo parecia pesar uma tonelada. — *Bom dia* para você também — ironizei.

Ela soltou uma risada.

— Ainda tá dormindo, né?

— Mais ou menos. Acordei por causa do telefone. — Passei a mão pelo novo machucado na perna e mordi o lábio para não gemer de dor.

— Mamãe não tá em casa, não?

— Não sei. — Procurei-a no corredor. — Acho que ela saiu.

— Ah, sim. Mas está tudo bem por aí? Como anda a faculdade?

Sentei-me no sofá. Quando começava a falar, Helena podia ficar horas no telefone.

— Todos bem. A faculdade também. Essa semana entro de férias. E por aí?

— Ah, que bom, maninha! Tudo ótimo por aqui. Liguei porque tenho uma novidade!

*Eu sabia! Sua voz parecia muito empolgada...*

— Então fala!

— Prepare o coração... — Deu uma pausa, fazendo suspense.

— Fala logo, Helena!

— É que... você vai ser titia! — declarou em um tom ainda mais agudo.

— O quê?! Ai, meu Deus! Isso é sério?

Aquela era uma ótima notícia! A melhor que eu poderia receber!

— Sim! Descobri hoje! Estamos tão felizes!

— Ai, não acredito! — Meu coração explodia de empolgação. Sempre havia imaginado o dia em que me tornaria tia. — Parabéns, Lena!

Ela agradeceu e meus pensamentos voaram. Já conseguia me imaginar mimando aquela criaturinha.

— Quando você vem para que eu possa te abraçar e te dar parabéns pessoalmente? — perguntei.

— Ah, provavelmente só no Natal. Elias está trabalhando e só poderá tirar férias no final do ano. E, bom, agora não posso viajar sozinha.

— Ah, poxa... tô com saudade! — Fiz bico, mesmo que ela não estivesse vendo.

— Eu também, maninha! Mas, olha, não conte para a mamãe que estou grávida, tá? Mais tarde ligo e conto eu mesma.

— Tudo bem. Mas não demore, porque eu não sei se posso segurar a notícia por muito tempo.

Ela soltou uma risada e se despediu. Deitei no sofá, sorrindo feito boba. Já podia me imaginar cuidando de meu sobrinho (ou sobrinha). Mãozinhas fofas me puxando para brincar... Eu fazendo caretas para arrancar gargalhadas dele ou dela...

Precisava compartilhar a notícia com alguém.

Mesmo que não pudesse contar para minha mãe, falar com quem não era da família não faria mal algum.

Peguei o celular no quarto e voltei para me deitar no sofá. Abri minha conversa com Lucas e comecei a digitar uma mensagem, compartilhando a notícia. Todavia, não demorei muito para me dar conta de que talvez ele não se importasse. Afinal, nem se dera ao trabalho de responder à mensagem anterior.

Apaguei o texto e bloqueei a tela do celular.

A dor de cabeça, esquecida momentaneamente pela emoção de ser tia, voltou a incomodar com força. Não sabia o que era pior: a dor na cabeça ou a que estava sentindo no coração.

Fui até a cozinha e tomei um analgésico. Retornei ao sofá e cobri o rosto com uma almofada, desejando que o remédio também pudesse fazer efeito nos meus sentimentos.

---

Minha mãe ficou ao lado do meu pai, de mãos entrelaçadas e sorrindo feito uma criança, enquanto Helena falava com ele ao telefone. Na certa minha irmã estava lhe contando a novidade.

— O quê?! Eu vou ser avô? — Ele abriu um sorriso largo e olhou para minha mãe. — Nós vamos ser avós!

Minha mãe confirmou com a cabeça e os dois se abraçaram, emocionados. Sorri com a cena, observando-os do sofá. Logo os olhos do meu pai pousaram em mim.

— Mel, sua irmã vai ter um bebê!

— Eu sei. Ela me contou mais cedo. — Sorri, sentindo-me importante por ter recebido a notícia primeiro. Aquela era a primeira vez. Minha mãe sempre ria de mim quando eu não sabia de algum assunto alheio, como se eu fosse uma colunista desinformada de uma revista de fofocas.

— Quer dizer que a senhorita sabia esse tempo todo e não nos contou? — Minha mãe colocou as mãos na cintura.

Meu pai voltou a conversar com Helena.

— Não pude contar — respondi, cruzando as pernas sob a almofada no meu colo. — Helena pediu segredo. Queria contar diretamente a vocês.

— Bem a cara dela mesmo! — comentou e voltou a exibir um sorriso de orelha a orelha. — Ai, não aguento de tanta emoção! Vou ser avó!

Se bem conhecia dona Luiza, ela já estava fazendo planos e se roendo de ansiedade para contar a todo mundo a notícia. Certamente, falaria disso o dia inteiro. Foi assim quando entrei na faculdade e também quando Helena se casou.

Meu pai devolveu o telefone para ela, que conversou mais um pouco com minha irmã antes de desligar. Como previ, não largou o aparelho e falou consigo mesma:

— Vou ligar para a Linda! — Discou o número e aguardou com o telefone no ouvido.

Levantei-me do sofá, meneando a cabeça, e fui até a pequena varanda da sala.

A Lua despontava no céu escuro, cheio de estrelas. Inspirei, sentindo o ar frio da noite de inverno. Recostei-me no guarda-corpo, pensando na resposta de Deus à minha oração. Sabia que deveria pôr um fim àquilo, mas por que parecia tão difícil?

Meu celular vibrou no bolso do casaco. Era uma mensagem de Tati, a colega que havia me apresentado a Lucas.

**Tatiana**

> Melzinha, tudo bem? Que dia é a P2 de Genética?

"P2" era uma abreviação usada na universidade para "prova 2".

> Garota, é sexta. Tá em qual mundo?

> Putz, tô ferrada.

> Por quê? Não estudou, é?

> Não. Mas vou correr atrás do prejuízo.

Ela enviou uma figurinha de um cachorro sentado a uma mesa no meio do fogo, com a frase "vai dar certo".
Soltei uma risada.

> Doidinha KKKKK

> Haha, mas mudando de assunto... como vai o relacionamento com o Lucas? Vocês ainda estão juntos?

Franzi a testa.
*Que mudança brusca de assunto...*
Era estranho ela dizer isso, pois quase nunca falávamos sobre meu relacionamento com ele. O que ela queria com essa pergunta?
Ou tinha lido minha mente, ou sabia de algo.

> Sim. Mas por que "ainda"?

> Nada, só estou curiosa, rs. Afinal, fui a cupido da história...

> Algo te levou a pensar que podíamos não estar juntos?

> Não, Mel. É só curiosidade mesmo.

> Entendi.

> Olha, eu preciso ir. Minha mãe tá pedindo minha ajuda. Depois nos falamos. Beijo.

Senti um calafrio percorrer meu corpo. Será que a Tati sabia de alguma coisa e não queria me contar?

— Oi, filhota. — Meu pai apareceu na varanda e também se recostou na grade. — Aproveitando a vista enquanto pensa na vida?

Devolvi-lhe um pequeno sorriso e guardei o celular no bolso.

— É. Tipo isso...

— Ótimo lugar para pensar. A Lua está incrível hoje! — comentou, olhando para o céu. Os cabelos grisalhos refletiam o luar e os olhos estavam cheios de leveza. Às vezes, não parecia ter tantos problemas para resolver, como eu sabia que tinha, sobretudo no trabalho. Parecia passar por tudo com uma paz inexplicável. Em seu lugar, estaria completamente desesperada.

— Então, quer dizer que você já sabia que sua irmã estava grávida? — disse, depois de alguns minutos em silêncio.

— Sim. Mas foi por sorte — brinquei. — Mamãe não estava em casa quando ela ligou.

Ele sorriu, divertido.

— Sua mãe ficou um pouco incomodada por você ter escondido a notícia dela.

— Foi ideia da Lena. Se dependesse de mim, teria contado desde cedo.

Ele soltou uma risada breve.

— Você e sua mãe são mesmo muito parecidas. As duas são ansiosas e intensas. — Virou a cabeça de lado para me observar. — Por isso, às vezes se desesperam com o inesperado.

Ergui as sobrancelhas.

— Como o senhor sabe?

— É que conheço minha família. Só de olhar, sei quando estão preocupadas com algo. — Ofereceu-me um sorriso compreensivo. — E você me parece assim, um pouco distante, triste. Está com algum problema?

Voltei a olhar a paisagem. As luzes da cidade lá embaixo eram como pequenos pontos dourados em meio à escuridão. As ruas, iluminadas pelos postes, estavam vazias. Ao fundo, a sombra negra do relevo ondulado delimitava tudo.

Inspirei fundo mais uma vez e senti o ar gelado arder o nariz. Não queria falar a verdade para ele. Nem podia.

— Não tô, não.

— Você não me engana, Melissa. O que houve?

Balancei a cabeça e balbuciei um "nada".

— Se não quer me contar, eu entendo. Mas saiba que Deus cuida de você, não importa o que esteja enfrentando. Ele te ama e se preocupa com você. — Afagou minha mão. — Entregue suas dificuldades nas mãos d'Ele e confie. Nenhum problema é maior do que o Dono do mundo, do que o Dono da vida.

Sorri para ele e assenti. Então, ele colocou o braço em volta do meu ombro, e recostei a cabeça em seu peito.

— Eu te amo, filha.

— Também te amo, pai.

Em seguida, observamos a cidade assim, ele cuidando de mim como um pássaro cuida da cria. Envolvendo-me em sua asa para tentar me defender dos males deste mundo, mesmo sem poder impedir que eles me afetassem. Porque a verdade é que, na estrada da vida, não dá para evitar certas tempestades.

# Capítulo 7

Minha mente girava e meu coração se comprimia. Já era sexta, e eu ainda não tinha notícia do Lucas. Sabia que Deus tinha me dado a resposta, mas mesmo assim me iludia, pensando que uma mensagem dele chegaria em algum momento.

Não queria acreditar naquele *não*.

Ter que deixar ir era difícil, em especial quando o coração e a razão travavam uma intensa batalha dentro de mim.

Contudo, esse sumiço repentino e o mistério sobre a festa e a garota com quem ele tirara foto estavam me deixando maluca. Estava cansada desse vaivém de emoções. Não podia insistir em algo que mais me feria do que trazia paz.

Por isso, após o último teste do semestre, decidi que deveria ligar para ele e resolver logo aquilo.

Assim que cheguei em casa, fui direto para o quarto e tranquei a porta. Orei de novo e, dessa vez, pedi sabedoria e força. Em seguida, disquei o número.

Chamou por alguns segundos, mas Lucas não atendeu. Então, enviei uma mensagem de texto, pedindo que me ligasse assim que possível.

Depois do jantar, me sentei um pouco na sala para assistir à televisão, mesmo sem conseguir prestar muita atenção nela. Meus pais assistiam a um documentário sobre a Grécia Antiga.

— Que tanto você olha para o celular? — minha mãe perguntou, do outro lado do sofá.

Olhei para ela e forcei um sorriso.

— Nada, só estou vendo as horas.

— Tem algum compromisso? — Levantou uma sobrancelha.

— Claro que não, mãe. — Dei uma risada forçada. — É só mania mesmo.

— Sei... Por acaso você tem um namorado? — ela falou baixo.

Meu rosto se aqueceu.

— Não, que ideia! — falei, sem encará-la.

— Tem certeza?

Naquele momento, meu pai chegou segurando um pote cheio de pipocas de micro-ondas.

— O que eu perdi? — perguntou, sentando-se entre nós.

— Nada demais. — Minha mãe me lançou um olhar severo, mas não insistiu no assunto. Depois, fitou o pote com reprovação. — Cuidado com meu sofá! Vai sujar de gordura, Cláudio!

Expirei, aliviada. *Bendita seja a pipoca!*

— Pode deixar, meu amor. Eu não vou sujar — ele respondeu, depois piscou para mim.

Ri baixinho, meneando a cabeça. Ela teria um ataque se soubesse que nosso passatempo favorito era comer pipoca sentados no sofá.

Logo em seguida, os comerciais começaram, então aproveitei a deixa e fui para o quarto. Assim estaria sozinha quando Lucas me ligasse.

Deitei na cama e fiquei encarando o teto por um bom tempo, até que o telefone finalmente tocou. Sentei-me no colchão e respirei fundo antes de atender.

— Oi, Mel — Lucas murmurou. — Você me ligou? Me desculpe por não ter atendido antes, é que eu estava no trabalho.

Senti um peso no peito ao ouvir sua voz. Aquela da qual eu tanto sentia falta. Mas não podia me desconcentrar do real objetivo da ligação...

— Liguei. Precisava falar com você.

— Aconteceu alguma coisa?

— Bem, na verdade, aconteceram várias coisas e... — Hesitei.

— O que foi?

Inspirei mais uma vez e, em um ímpeto de coragem, disse de uma vez:

— Acho que está na hora de terminarmos. Não posso mais continuar com isso. Sinto muito.

Ele ficou em silêncio por alguns segundos. Talvez tentando absorver a informação.

— Mas o que aconteceu? Por que você quer terminar assim, de repente?

— Por que sei que isso não vai dar certo, Lucas. É melhor pararmos por aqui, antes que alguém saia machucado.

Ouvi sua respiração pesada do outro lado.

— E por que você pensa isso?

— É que... bom, a gente não tem se dado muito bem nos últimos meses, às vezes você some do nada, sem me dar explicações e...

— EU SUMO DO NADA? Você sabe que eu trabalho e faço mestrado, Melissa! Não posso ficar o tempo todo te mandando mensagem ou ligando. Além disso, fui pra Nova Hortênsia só para te ver, esqueceu?

Respirei fundo, cerrando os dentes para me controlar. Não queria chamar a atenção dos meus pais.

— Não esqueci, Lucas. Só que você também prometeu que viria e não veio. Depois ignorou completamente as minhas últimas mensagens. Se estava tão ocupado assim, como teve tempo de ir a uma festa com sua ex?

— Como assim? Do que você tá... — Se interrompeu, parecendo enfim compreender. — Ah, você viu aquela foto, né? Não foi nada demais, foi só uma coincidência. Não é o que você tá imaginando...

— Então me explica. Porque para mim parece outra coisa.

Ele soltou o ar de modo pesado.

— Olha, eu não fui te ver porque estava *mesmo* ocupado. Fiquei o sábado todo terminando um trabalho de última hora com o Marcão. Quando acabei, já era tarde da noite e ele me arrastou para uma festa. Encontrei a Clarissa lá por acaso. — Fez uma breve pausa. — Eu já estava fora de mim quando tiramos aquela foto, por insistência dela. E, se você não percebeu, eu estava com o Marcão do lado. Foi *só isso*. Não vai terminar comigo por causa disso, né?

Continuava sem acreditar na explicação. Mas confrontá-lo só prolongaria o inevitável.

— Não é *só isso*. É que estou... cansada de sempre esperar. E... — Minha voz ficou embargada e meus lábios tremeram.

— Mel, eu te amo. Não faz isso comigo.

Meus olhos lacrimejaram.

— Me... desculpa.

Segundos de silêncio. E então ele desligou.

*Adeus.* Foi o que ele não disse.

As lágrimas escorreram com intensidade. Deitada na cama, afundei o rosto no travesseiro, aos soluços.

# Capítulo 8

Acordei de madrugada e não consegui voltar a dormir. Já passava das nove horas da manhã e eu continuava ali, deitada. Encarava o teto do meu quarto, abraçada a uma almofada, pensando no que acontecera.

Era sábado, as provas já tinham terminado... e meu relacionamento com Lucas também.

Decidi me levantar e lavar o rosto, pois meus olhos pesavam. Ao chegar ao banheiro do corredor, vi pelo espelho que estavam bastante inchados. O cabelo, desarrumado. As mechas loiras, cheias de frizz.

Passei a mão pelo rosto pálido. Meus olhos, um pouco arroxeados na pálpebra inferior, faziam um contraste horrível com a pele. Apoiei as mãos na pia e, observando a figura em péssimo estado, disse-lhe mentalmente: *Chega de chorar, Melissa. Você precisa confiar!*

Abri o chuveiro e fechei os olhos enquanto a água escorria pelo meu rosto, como se pudesse remover toda a tristeza. Não podia. Lágrimas se misturaram às gotas quentes.

*Senhor, por favor, me ajude a esquecê-lo!*

Saí do banho, vesti um conjunto de moletom cinza e voltei para meu quarto, decidida a ligar para Ni. Ela costumava sair cedo para correr, então já devia estar acordada.

Peguei o celular e me sentei à escrivaninha, bem debaixo da janela. Ni atendeu e eu disse que precisava dela. Minha amiga se prontificou a ir ao meu encontro no mesmo instante.

Assim que cheguei à sala para esperar por ela, meus pais já estavam acordados, mas avisaram que iriam ao mercado e saíram. Não comentaram nada sobre meu rosto inchado. Decerto, porque não repararam. O que tinha sido um alívio. Não queria ter que dar explicações.

Algum tempo depois, a campainha tocou e corri para abrir a porta.

— Amiga, o que houve? — Ni vincou a testa.

Virei-me de lado, abrindo espaço, e ela entrou no apartamento. Fechei a porta e voltei a olhar para ela.

— Eu... terminei com o Lucas. — Mordi o lábio para conter a vontade de chorar.

— Ai, meu Deus! — Ela me abraçou. — Como você está?

— Muito triste. Chorei a noite toda.

— Espera. — Segurou-me pelos ombros e me fitou. — Por que terminaram?

Puxei-a para o sofá e lhe contei como tudo aconteceu.

— Nossa, nem sei o que dizer! — respondeu. — Mas, se Deus te mostrou que não era para continuar, você fez a melhor escolha. Não podia insistir em algo que talvez te trouxesse mais feridas no futuro. Deus sabe de tudo!

Concordei com a cabeça.

Ela me fez tomar café, mesmo sem fome, e ficamos na sala, assistindo a *Friends* na TV.

Após o almoço com meus pais, Ni praticamente *me obrigou* a dar um passeio de bicicleta, dizendo que ficar o tempo todo em casa não me faria bem. Também sugeriu que convidássemos Mariana para ir conosco.

Enviei uma mensagem para ela, que concordou imediatamente. Marcamos de encontrá-la em frente ao parque dali a uma hora.

---

A trilha até a parte mais alta de Nova Hortênsia ficava na zona rural. Passamos pela rua do hospital e levou cerca de quinze minutos para chegarmos à estrada. Era simples, de terra batida, mas dava para percorrê-la de carro. Porém, de preferência, um que fosse esportivo, já que havia muitos buracos e ressaltos.

Apesar de cansativa e íngreme, a trilha nos permitia observar as belas paisagens da cidade à medida que subíamos.

— Nossa, faz tipo uns sete anos que não venho aqui! — Mari comentou quando chegamos ao topo do morro. Encostou a bicicleta preta de marchas, que o irmão havia emprestado, em uma cerca de arame. — Vocês lembram? Minha mãe e Felipe vieram com a gente naquele dia.

Dei risada enquanto apoiava minha bicicleta vermelha ao lado da dela. Lembrava-me bem daquela ocasião. Felipe e eu apostamos em quem chegaria primeiro e disparamos na frente de todos. Fiz um esforço enorme para subir, porque minha bicicleta não tinha marcha, porém Felipe chegou primeiro.

— Acho que também não venho aqui desde aquela época. — Ni sentou-se no gramado para observar a paisagem lá embaixo. — Nós tínhamos o quê? Uns 14 anos?

— Não. *Você* tinha 14. Nós tínhamos 13 — corrigi, esticando as pernas sobre o gramado.

— Nossa! Que *grande* diferença! — Ela revirou os olhos.

Dei de ombros e Mari riu.

— Senti saudade dessa implicância de vocês, sabia? — Sorriu e olhou para o céu. — Esse lugar é mesmo maravilhoso! Impossível olhar para tudo e não pensar na grandeza de Deus!

Era verdade. Dali tudo parecia grandioso. Podíamos ver toda a cidade, que agora dava a impressão de ser minúscula em comparação com os arredores. O relevo ondulado, ao fundo, se estendia até o horizonte como um verdadeiro mar. O verde vívido das pastagens; a luz dourada do entardecer refletindo no céu, que agora parecia mais perto de nossas cabeças...

A paz que eu sentia ali era tão surreal! Parecia um sussurro de Deus: *Eu estou aqui.*

Ni tinha razão ao dizer que o passeio me faria bem. Era como se, mesmo naquele momento de tristeza, eu pudesse sentir que Deus cuidava de mim.

Conversamos sobre vários assuntos. Mari contou um pouco sobre o tempo em que viveu em São Paulo. Revelou que havia cursado Administração na faculdade por alguns semestres, mas desistira ao perceber que não era o que realmente queria. Disse que agora estava orando para que Deus a orientasse sobre o que fazer.

Contei-lhe um pouco sobre o que tinha vivido nas últimas semanas.

— Amiga, quando Deus nos instrui a fazer algo, é sempre melhor obedecer — ela aconselhou. — Tenho certeza de que Ele tem planos melhores para você. Pode ter sido um livramento de um problema maior no futuro.

— Eu sei, só que não foi fácil. Não está sendo, na verdade.

Ela deu um sorriso compreensivo e ajeitou os cachos em um coque.

— Sabe, Mel, dói abrir mão da nossa vontade pela de Deus. Mas é recompensador, tenha fé. Depois escute a música "Aquieta Minh'alma", do Ministério Zoe. Tenho certeza que vai falar com você.

Assenti, guardando as mãos nos bolsos do casaco. Fazia frio naquele dia.

Conversamos mais um pouco até antes de o Sol se pôr, quando Felipe ligou para Mari, pedindo que ela voltasse antes de escurecer.

— Ele acha que é meu pai — Mari comentou, revirando os olhos, enquanto descíamos a trilha. — E o pior é que meu pai nem é tão chato assim.

Ni deu risada.

— Ele só deve estar preocupado, Mari. Quem me dera ter um irmão para cuidar de mim!

Mari apertou os lábios e respirou fundo.

— Ter irmão é bom, mas na maioria das vezes dá muita dor de cabeça, vai por mim — disse, e nós demos risada.

Chegando ao nosso bairro, encontramos Felipe parado em frente ao parque. Reconheci seu rosto de longe. E confesso que senti um frio na barriga.

Era estranho vê-lo. Talvez porque fora minha paixonite por um bom tempo. Também, devo admitir, agora ele estava ainda mais bonito.

O cabelo ondulado tinha um corte moderno, com um topete arrumado para o lado e as laterais bem aparadas. A pele parda estava em evidência por causa da camiseta branca que usava. Parecia um pouco mais atlético do que me lembrava, embora continuasse magro. Também estava mais alto do que aos 16, quando o vira pela última vez.

Ao nos cumprimentar, abriu o sorriso que me era familiar. Aquele que, no passado, me desfazia em pedaços.

— Você está diferente, Mel! — comentou, curvando levemente os lábios.

Sorri.

— Você também! Mas ouvi dizer que continua implicando com a Mari.

Ele ergueu as sobrancelhas e cruzou os braços.

— Não implico, só falo o necessário.

— Até parece! — Mari torceu os lábios, fazendo-o rir. Ele bagunçou seus cachos. — Viu? Ele é chato! Parece que não cresce! — Passou os dedos pelos fios, na tentativa de arrumá-los.

— Para de graça! — Felipe retrucou. — Vem, precisamos ir, amanhã tem culto e ainda não ensaiamos.

— Tá, fiscal! — Revirou os olhos e se aproximou de Ni e eu. — Preciso mesmo ir, meninas. A propósito, já deixo o convite para vocês irem à nossa igreja qualquer dia.

— Vamos, sim, Mari! — Abracei-a. — Obrigada por hoje.
— Nada, se cuida. Não esquece a música que falei. — Piscou para mim.
Sorri e assenti com a cabeça. Ela abraçou Ni e se despediu.
— Foi bom ver vocês, meninas — Felipe disse, sorridente. — Nos vemos por aí!
Acenamos e eles foram embora. Então, entramos no condomínio.
— Felipe tá bonito, né? — Ni comentou, enquanto empurrávamos nossas bicicletas pelo estacionamento.
— É. Ele tá diferente...
Ni curvou o canto dos lábios.
— Não que você já não o achasse bonito antes, né? — provocou, dando-me uma cotovelada.
— Não começa, Ni! — Segurei o riso, balançando a cabeça em negação. — Mas obrigada por hoje. Estou me sentindo mais leve agora.
— Ao seu dispor! — Piscou e se despediu, empurrando a bicicleta em direção ao seu prédio.

# Capítulo 9

A luz dourada do Sol irradiava por sobre a escrivaninha abaixo da minha janela. Sentei-me na cadeira e senti o toque aquecer meus ossos.

Decidi orar, pedindo a Deus forças para enfrentar aquele dia. Fazia uma semana desde o término e ainda me sentia um pouco triste. Também pedi ajuda para esquecer Lucas. Queria que aquilo não doesse mais.

Coloquei a música que Mari havia sugerido e fechei os olhos, deixando que aquelas palavras se tornassem minha canção ao Senhor:

*"Sei que depender é como viver perigosamente, mas
Eu preciso acreditar e confiar no que Você me diz"*
"Aquieta Minh'alma" - Ministério Zoe

Abrindo os olhos, logo vi a caixa que vovó havia me dado. Nem tinha começado a escrever para meu futuro amor. Não sentia que tinha deixado tudo para trás.

Era como se estivesse vivendo o luto.

A tristeza continuava lá, assim como as memórias, ambas impregnadas como restos de cola de uma fita adesiva removida há tempos.

Só que eu não podia me permitir ficar assim. Por isso, decidi escrever uma carta de entrega a Deus:

Querido Deus,

Este momento está sendo um dos mais difíceis que já enfrentei. Sempre ouvi pessoas falando sobre como deixaram tudo para seguir Tua vontade. Mas nunca pensei que seria tão complicado deixar algo de que tanto gostava para trás.

Meu coração ainda dói e às vezes a vontade de chorar é impossível de conter. Preciso aprender a confiar em Ti! Faça meu coração entender que, apesar de tudo, o Senhor está cuidando de mim e que a Tua vontade é soberana, é perfeita, é boa e agradável.

Quando isso acontecer, não terei mais medo do que será do futuro ou de nunca conseguir esquecer esse sentimento dentro de mim.

Às vezes meu coração grita para que eu volte atrás. Mas quero seguir a Tua vontade. Preciso da Tua ajuda para deixar o passado no lugar dele. Então, tire de mim toda a saudade e tudo o que talvez ainda me prenda a ele.

Hoje sei que fiquei cega para muitas coisas e que errei por não ter confiado no Senhor antes. Agora vejo que me entreguei às minhas próprias vontades e acabei me ferindo. Sei que trilhei o caminho errado e muito do que aconteceu foi culpa minha.

Também entendo que dediquei muito tempo àquilo que não deveria tomar o Teu lugar na minha vida. Afastei-me da Tua presença aos poucos. Mesmo indo aos cultos, já não conseguia mais Te sentir.

Às vezes nem me sinto digna do Teu amor.

Como pude ser tão tola? Como pude me afastar tanto de Ti?

Talvez, se eu tivesse dado a Ti a devida importância, não teria me envolvido com a pessoa errada. Não teria passado tanto tempo em um relacionamento que não era para mim.

No entanto, sei que Tu tens o poder para curar meu coração.

Sei também que o Senhor tem o controle de tudo, por isso entrego minha vida em Tuas mãos. Me ensina a confiar e acreditar em Ti para que eu possa viver o que tens preparado para mim.

Meu coração é Teu, para sempre. Amém!

Como havia pensado, escrever aquela pequena oração fez com que eu me sentisse melhor. A respiração ficou até mais leve.

Olhei para a janela. O céu estava claro e límpido, quase sem nuvem. Peguei meu casaco sobre a escrivaninha e decidi sair para dar uma volta.

O parque da cidade, em frente ao condomínio, estava calmo. Quase ninguém passeava por ali. Havia apenas alguns idosos conversando e pessoas praticando atividade física. Fui até a parte central e me deitei próxima ao grande lago, em uma área um pouco mais alta do gramado. A água brilhava sob os raios solares e, acima de mim, pássaros voavam de uma árvore para outra, cantando uma melodia agradável.

    Coloquei as mãos dentro dos bolsos do casaco de moletom e fechei os olhos, sentindo-me abraçada pelo leve calor dos raios solares sobre meu rosto. Uma brisa suave balançou as folhas da árvore acima da minha cabeça e respirei o ar puro e fresco. Pensei em Deus.

    Porém, cortando a experiência, ao fundo ouvi uma voz familiar chamando meu nome.

— Melissa? Melissa!

A voz se aproximava cada vez mais...

Abri os olhos de súbito, reconhecendo-a.

Felipe estava de pé, sorrindo para mim.

# Capítulo 10

Em algum momento, eu devia ter cochilado.

— Hã? O que tá fazendo aqui? — perguntei, sentando-me na grama, um pouco confusa.

— Eu é que pergunto... O que você está fazendo dormindo aqui? Não tem cama em casa, não? — caçoou, dando uma risada.

— Tenho. — Apertei os lábios e cruzei os braços. — Mas estou aqui porque gosto de observar a paisagem. Vai dizer que nunca cochilou em um lugar tranquilo?

Felipe deu um sorriso e, sem ser convidado, sentou-se ao meu lado.

— Claro que já, Girassol — respondeu, apoiando as mãos na grama e olhando casualmente para o lago. — Mas em geral eu cochilo na minha casa, não no gramado do parque. — Me olhou de soslaio e prendeu os lábios, parecendo se divertir com a situação.

*Espera... Girassol?*

— É sério que você ainda não esqueceu essa história de *Girassol*?

Ele pareceu se divertir ainda mais com a pergunta.

— Ainda fica irritada com isso?

— Não. — Fixei os olhos no lago. — Descobri que não foi um erro tão grave assim, tá? Então não venha me zoar! — Apoiei os braços nos joelhos dobrados, fingindo que aquilo não me afetava.

Por que ele sempre se lembrava daquilo?

Era uma história muito antiga e constrangedora. Aos 7 anos, quando eu estava na casa de Mariana, brincando perto do jardim de dona Débora, mãe deles, achei uma flor amarela que florescera havia pouco tempo. Então, inocentemente a peguei e saí correndo até a mulher, toda feliz, dizendo que havia encontrado um girassol.

O constrangimento surgiu quando ela disse que aquilo era, na verdade, uma gérbera que havia plantado no jardim e depois brigou com Mari por ter ido brincar com as flores dela. Claro que Felipe aproveitou para rir e zombar de nós. Desde então, me chamava de Girassol quando queria me irritar. Pensei que depois de tantos anos ele teria esquecido, mas, pelo visto, não.

— Dá para ver que não está irritada — Felipe zombou.

Olhei para ele, que estava com um sorriso debochado do rosto.

— E *dá para ver* que você continua implicante.

Ele separou os lábios e franziu a testa, fingindo estar ofendido.

— Poxa, assim você me magoa!

Estalei os lábios e balancei a cabeça.

— Até parece, né, Felipe! Você ama implicar comigo.

Ele deu um sorriso de canto.

— Às vezes é mais forte que eu.

Soltei uma risada e voltei a olhar para o lago, balançando a cabeça.

— Mas e aí, Girassol, me conta: é bom dormir no gramado?

Olhei para ele e o vi segurando o riso, bastante divertido.

— Para, garoto! — Dei-lhe um soco leve no braço enquanto me segurava para não rir.

— Nossa, você tá fortinha, hein? — Passou a mão no braço, fingindo sentir dor.

— E você tá *fraquinho*, pelo visto. Um soquinho de nada desses!

— É que doeu na alma. — Deu uma piscadela, e eu soltei uma gargalhada.

Ele riu comigo e olhou para frente. Sua risada tinha um som divertido e contagiante.

Depois que paramos para respirar, alguns minutos se seguiram em silêncio. Então, observamos a água. Os patos nadavam em bando e, às vezes, faziam uma pausa para lavar o bico. Estava tudo tão calmo que quase podia ouvir a respiração de Felipe.

— Ei! — Resolvi quebrar o silêncio. — Você ainda toca teclado?

*Que droga de assunto é esse, hein, Melissa?*

— Toco às vezes.

— Por que só "às vezes"?

Ele deu de ombros e se curvou sobre os joelhos dobrados.

— Prefiro guitarra. Mas também toco teclado de vez em quando na igreja ou quando estou refletindo sobre algo.

— Eu admiro quem sabe tocar instrumentos musicais. Não tenho o menor dom!

Felipe se voltou para mim.

— Mas já tentou alguma vez?

Coloquei as mãos nos bolsos do casaco e estiquei as pernas sobre o gramado.

— Já. Tentei flauta e lira na escola uma vez. Não deu muito certo, sou uma negação para isso. — Fiz uma careta.

Felipe deu uma risada breve, apertando os olhos e fazendo a pinta em sua bochecha esquerda se erguer. Em seguida, limpou a garganta e forçou-se a ficar sério.

— Mas, sério, Mel, isso não quer dizer que não possa aprender a tocar outros instrumentos. Não pode simplesmente decidir que não consegue porque uma tentativa deu errado.

Concordei com a cabeça, e ele sorriu de novo. Havia uma suavidade e espontaneidade em seu rosto. Os olhos castanhos pareciam brilhar toda vez que ele fazia isso, fazendo-me lembrar de sensações há muito tempo esquecidas.

Desconcertada, me levantei rápido.

— Bem, tenho que ir. Está quase escurecendo.

Ele também se levantou, limpando a roupa, e se ofereceu para me acompanhar até o condomínio. Respondi que não precisava, mas ele insistiu que era caminho para sua casa, que ficava na rua de trás, então acabei aceitando.

Caminhamos pelo parque lado a lado, em silêncio. Felipe exibia uma expressão suave e alegre. Permiti-me observar seu perfil enquanto ele parecia se distrair com os próprios pensamentos. O cabelo estava arrumado para o lado e a pinta sob o olho esquerdo lhe conferia um charme especial. Senti-me um pouco desconcertada por estar tão próxima a ele novamente. Era como se o ar estivesse rarefeito.

O que isso significava?

Passamos mais alguns minutos de completo desconforto até que, finalmente, chegamos à portaria do condomínio. Virei-me para me despedir, mas Felipe se aproximou de repente e deu um tapinha no meu ombro.

— Tchau, Girassol! Vê se não dorme mais pela rua, hein?! — Sorriu e piscou.

— Ei! — gritei, com o punho erguido para ameaçá-lo, mas ele já estava a alguns passos de distância. Andava de costas, olhando para mim com um sorriso divertido. — Vai se catar, garoto!

Ele gargalhou e acenou, de longe. Segurei o riso e balancei a cabeça. Assim que me deu as costas e dobrou a esquina, entrei no condomínio.

Quase chegando ao meu prédio, ouvi Ni me chamar.

— Onde você estava? — perguntou.

— Fui dar uma volta no parque. Por quê?

— Por nada. Mas parece que encontrou um passarinho verde por lá. — Deu um sorriso travesso.

— *Claro*. — Sorri ironicamente e pus as mãos nos bolsos do casaco. — Em um parque se encontra *pássaros* de todos os tipos. Lá também tem árvores, lago... tinha até umas flores começando a desabrochar, sabia?

— Ah, você sabe do que tô falando! Tá com uma cara de boba... Quem você viu? — Sorriu e me deu um tapinha no braço.

*Ih, pronto! Detetive Stephanie Ikeda em ação!*

— Ninguém — menti. Não queria que ela inventasse histórias. Ni gostava de dar uma de cupido.

— Sei... — Ela estreitou os olhos, claramente descrente. — Mas já que não quer falar, não vou insistir. Afinal, não foi por isso que estava te procurando. Queria te perguntar se está a fim de ir caminhar comigo amanhã de manhã. Topa?

Eu não era muito fã de exercícios físicos, mas achei que caminhar não seria ruim. Talvez servisse para me distrair um pouco. Então, concordei. Ni combinou de me encontrar às sete da manhã em frente ao meu prédio, depois se despediu e saiu, dizendo que precisava separar alguns documentos do estágio.

Subi as escadas do prédio devagar. Meu dia havia ido de um extremo a outro. Primeiro, tive um momento de saudade do passado; depois, um de confissão e entrega a Deus, que me fez sentir mais leve. E então o do parque, quando, por alguns minutos, me senti viva de novo.

Lembrar a história do Girassol não tinha sido tão ruim. No dia fatídico, parecera muito constrangedor; porém, olhando melhor, depois de tanto tempo, até que era engraçado. Eu era apenas uma criança. Além disso, dona Débora nos perdoou no dia seguinte, quando escrevemos um bilhete pedindo desculpas, com as pétalas da gérbera coladas no papel.

Soltei uma risada ao lembrar.

A vida parecia mais simples quando éramos crianças.

*Esperarei por Você*

Acho que, às vezes, deveríamos ser mais como elas. Rir do inevitável, viver todo dia como se fosse um presente, sem nos preocupar com o que será do futuro. Encontrar alegria nas pequenas coisas. Viver, simplesmente viver. Porque, como diz a música "Pequenas Alegrias", da Marcela Taís:

*"Mas se a gente juntasse as pequenas alegrias*
*Seríamos felizes todos os dias"*

Conversar com Deus, observar o céu e rir com um velho amigo: essas tinham sido as pequenas alegrias do meu dia. Depois de tanta tristeza, começava a me sentir viva de novo.

# Capítulo 11

Após a caminhada com Ni naquela manhã, resolvi que já estava na hora de começar a escrever as cartas ao amor desconhecido. Claro que ainda sentia o coração um pouco apertado. Às vezes, me lembrava de Lucas e sentia falta de estar com ele.

Porém, não queria mais viver naquele vaivém de emoções. Estava cansada de fazer escolhas erradas e sofrer.

Havia me afastado de Deus e preenchido meu coração com um relacionamento que não O glorificava. Contudo, agora, queria aprender a esperar.

Então, sentei-me à escrivaninha e escrevi minha primeira carta:

Querido amor,

Ainda não te conheci. Ainda não sei o seu nome. Mas sei que no tempo certo o encontrarei.

Claro que fico na expectativa de saber quem será aquele que estará ao meu lado pelo resto da vida. Aquele com quem viverei momentos importantes, especiais, e com quem também dividirei as dificuldades da vida.

Talvez nunca tenhamos nos conhecido. Talvez você também esteja esperando por alguém ou, assim como eu, tenha se decepcionado por seguir a direção errada em algum momento da vida.

A espera não é fácil. Nosso coração é enganoso e às vezes grita de ansiedade por qualquer tipo de atenção. Todavia, por nos deixarmos ser levados por ela, seguimos caminhos que nos causam feridas.

Hoje entendo que esperar a vontade de Deus é o melhor caminho. Às vezes até pensamos em desistir, mas precisamos nos manter firmes. Não entendemos os planos de Deus, mas eles são perfeitos e, como diz a Bíblia, são para nos fazer bem, e não mal.

## Esperarei por Você

    Por isso, escrevo esta carta. Talvez a espera pareça longa ou difícil, mas sei que no fim será recompensadora. Esperarei por você, onde quer que esteja. Desejo que também espere por mim.

    Creio que um dia nos encontraremos e entenderemos que, no tempo certo, tudo se encaixa.

Com carinho,
Melissa

# Capítulo 12

Vovó Margarida sabia ser a pessoa mais teimosa do mundo. Fui à sua casa na segunda-feira para passarmos a semana juntas, já que tia Linda tinha viajado para visitar o filho e a neta recém-nascida. A ideia era ajudá-la, não dar mais trabalho, mas ela insistiu que faria bolinhos de chuva para mim.

— Então me deixa ajudar, pelo menos — pedi.
— Tudo bem, mas eu frito.

*Logo o mais perigoso?*

— Deixa que eu faço isso! A senhora pode passar no açúcar e na canela.
— Nada disso! Você não vai saber deixar da cor certa. — Ela me encarou com seus olhos grandes. — Eu frito e VOCÊ passa no açúcar!

Expirei, cansada da batalha.

— Tudo bem, vovó. A senhora venceu.

Não entendia como tia Linda conseguia driblá-la. Só podia ter alguma espécie de talento especial — que eu definitivamente não tinha.

Vovó bateu a massa e começou a fritar. Fiquei com medo de que se queimasse, mas, graças a Deus, nada aconteceu. Em seguida, passei os bolinhos no açúcar com canela. Depois nos sentamos no sofá da sala, em frente à TV, e comemos juntas. Ela também havia feito um chá de erva-mate para nós.

Vovó bebericou o chá e olhou para mim.

— Fico feliz que esteja aqui, só não precisava. — Deu de ombros. — Eu sei me cuidar sozinha.

— Também fico feliz. Mas vim porque tia Linda está fora e sabe que a senhora não tomaria os remédios se não fosse obrigada.

Ela fez uma careta.

— Não sei para que tanto remédio. Eu estou bem!
— É para sua saúde. O médico recomendou! Principalmente o remédio para a tosse.
— Esses médicos não sabem de nada! Quem sabe como estou sou eu. E me sinto muito bem.

*Teimosa que só...*

— Tá bom. Mas, de qualquer forma, vai ter que tomar. Senão, a tia Linda vai me matar.

Ela deu uma risada rouca.

— Não seja exagerada! — Encarou-me, divertida. — Ela pode até te dar umas boas palmadas, mas aposto que isso não vai te matar.

Caí na gargalhada e ela me acompanhou. Depois de finalmente conseguirmos parar para respirar, vovó disse:

— Ei. E a história lá com o tal rapaz?

— Ah... bem, eu terminei com ele. — Tomei um gole do chá.

Vovó ergueu as sobrancelhas.

— Então se decidiu?

— Uhum. Orei a Deus e soube que Ele não queria aquele relacionamento.

— E a caixa que te dei? Já começou a escrever?

— Já. — Assenti e pousei a xícara sobre a mesinha de centro. — Escrevi uma carta só. Mas às vezes me pergunto se isso realmente acontecerá, sabe? Será que vou mesmo encontrar alguém especial? Sinceramente, não sei como a senhora conseguiu esperar tanto tempo.

— Claro que vai, minha filha — afirmou, fitando-me. — Não pode deixar a dúvida te atrapalhar. Precisa ter fé de que Deus cuida de você, que Ele se importa. E que, principalmente, sabe o que é melhor, porque Ele vê até mesmo o que não podemos. O próprio Deus disse em Isaías 55 que Seus pensamentos são mais altos do que os nossos. Ele está acima de nós e vê todas as coisas. Por isso, precisamos confiar nossas vidas nas mãos d'Ele.

— Verdade. Mas minha mente às vezes me faz pensar em tantas coisas... Sinto medo de nunca encontrar a pessoa certa.

— Minha querida — ela colocou a mão no meu rosto e me olhou carinhosamente —, você precisa tirar as mãos das rédeas e deixar que Ele te conduza pelo caminho certo. Eu sei que não é fácil. Mas, conforme vamos nos entregando a Ele e nos permitindo viver Sua vontade, somos moldados e aprendemos cada dia a descansar.

"Além disso, descansar não significa apenas pedir a opinião d'Ele ou saber que Ele tem o melhor. Significa deixar todas as preocupações de lado e focar apenas n'Ele. Se colocar o foco nos seus anseios e vontades, vai parecer que está demorando muito, que nunca vai chegar a sua hora. Vai ser pesado e cansativo esperar. Contudo, se parar de focar no que quer e passar a focar no que *Deus* quer de você, vivendo na dependência d'Ele e buscando-O, as coisas se encaminharão. Quando perceber, a hora terá chegado. Descansar é deixar ir. É colocar sua confiança no Senhor."

Assenti com a cabeça.

— Talvez você esteja achando difícil esperar porque quer que tudo aconteça no seu tempo — continuou. — Mas em Eclesiastes 3 é dito que "tudo tem o seu tempo determinado, e há tempo para todo propósito debaixo do céu". Deus é quem sabe o momento certo das coisas acontecerem. E, por mais que às vezes pareça que esteja demorando, não está. Só não chegou a hora certa ainda. Talvez agora você precise buscar mais por Deus, entender os planos que Ele tem pra sua vida. E só vai saber isso se conversar com Ele. Já experimentou fazer isso em vez de apenas pedir alguém pra se casar?

— Nunca pensei por esse lado...

— Então comece a pensar. Você vai ver que vai se sentir melhor. — Ela sorriu. — Busque Deus por quem Ele é, não pelo que pode oferecer. Apenas confie que Ele fará o melhor.

— Tá bem. Vou fazer isso. — Sorri também.

Conversar com vovó a respeito de Deus me trouxe uma certa reflexão sobre tudo o que tinha feito até ali. Sempre que orava, o que não ocorria com muita frequência, era para pedir algo. Mas, e se eu focasse em conhecê-Lo, em buscá-Lo, em saber Seus planos?

Talvez isso precisasse mudar.

O que Ele realmente queria de mim? O que eu deveria fazer?

*Ó, Senhor, me mostre como eu devo agir!*

---

Naquela noite, vovó disse que não jantaria, pois preferia comer um mingau de aveia. Como eu nunca tinha preparado isso na vida, ela teve que me ensinar.

Senti-me um pouco culpada por ela estar fazendo coisas para mim. Não queria dar trabalho. No entanto, também sabia que ela fazia porque gostava de me agradar. Era bom estar em sua casa depois de tanto tempo sem essa convivência.

O mínimo que consegui fazer foi preparar meu jantar, embora não tenha sido algo muito elaborado. Como vovó comeria mingau, resolvi fazer um arroz e uma fritada de salsinha com cenoura.

Após a refeição noturna, vovó me chamou para orarmos juntas e cantarmos alguns hinos. Meu coração se aqueceu por fazer isso com ela outra vez.

Quando eu era criança, brincávamos de "miniculto". Vovó orava e lia alguma história da Bíblia para mim e depois cantávamos alguns louvores. Naquela época, eu adorava cantar na igreja e em qualquer lugar. Sabia todos os "corinhos" e hinos. Mas o tempo foi passando e, na adolescência, não quis mais fazer isso. Fui me interessando por outras músicas e coisas. Depois disso, nunca mais cantei na igreja — ou com vovó.

Naquela noite, porém, senti a alegria da infância novamente. Era como se uma onda misteriosa, incontrolável e crescente batesse contra as paredes do meu coração, mudando algo dentro de mim. Enchendo-me de uma alegria pacificadora ao ouvi-la falar sobre Jesus. Como se aquele pequeno momento pudesse preencher de novo o vazio que estava em meu interior.

Após vovó se retirar para dormir, peguei minha Bíblia e me sentei no sofá da sala. Antes de ler, orei brevemente, pedindo a Deus que falasse comigo através da Palavra. Abri-a no Salmo 40 e o versículo que mais falou comigo foi o primeiro, no qual está escrito: "Esperei confiantemente pelo Senhor; ele se inclinou para mim e me ouviu quando clamei por socorro."

*Esperei confiantemente pelo Senhor.* A frase ficou latejando na minha cabeça. Tinha tudo a ver com o que vovó havia dito mais cedo. Esperar, confiar, descansar.

Talvez a ansiedade em encontrar alguém tivesse feito com que eu me precipitasse com o Lucas. E, por isso, várias feridas haviam sido causadas.

*Ah! Por que eu não aprendi a confiar em Deus antes?*

# Capítulo 13

Minha mãe me ligou assim que acordei, perguntou como tudo estava, se vovó estava bem. Disse a ela para não ficar preocupada e que eu estava amando a companhia de vovó.

Depois fiz o café e nos sentamos à mesa para comer. Vovó estava mais agasalhada que um esquimó, dizendo estar sentindo muito frio. O dia realmente amanhecera gelado, contudo ela usava pelo menos três blusas de frio. Diverti-me com a cena, mas não comentei.

Após ler a Bíblia por algumas horas, apareceu dizendo que queria me ajudar com o almoço. Insisti que não precisava, mas ela era teimosa. Só se conformou em ficar quieta na sala quando a moça que cuidava de sua casa se contrapôs, dizendo que me ajudaria.

Depois que comemos, fui para a varanda com um livro. Deitei-me no banco de madeira que ficava na ponta oposta às cadeiras de vime e me cobri com uma colcha de retalhos.

Resolvi aceitar o convite de Mari para ir à sua igreja, uma vez que a casa de vovó ficava perto do templo. Peguei o celular e lhe enviei um SMS perguntando o horário do culto de domingo, já que na casa de vovó não tinha internet e meus dados não estavam funcionando — fiz uma nota mental de reclamar com a operadora depois. Também enviei mensagem para Ni, perguntando se ela gostaria de ir ao culto, e combinamos de nos encontrar na igreja.

Após isso, abri o livro e me entreti com a história.

De repente, o celular vibrou em cima da minha barriga e me assustei, deixando o livro cair no rosto. Era um calhamaço bem pesado!

Passei a mão no nariz dolorido e peguei o celular para olhar a mensagem.

**Lucas**
Melissa, preciso falar com você. Quando vai ficar on-line?

Quase caí do banco. Lucas a havia enviado. Ergui-me, colocando a mão na boca, enquanto meu coração dava saltos esquisitos.

O que ele poderia querer comigo depois de tanto tempo? Pensei que estivesse com raiva pelo término. Até tinha me deixado no vácuo naquele dia...

> Por quê? Estou sem internet.

Ele respondeu alguns minutos depois.

> Não dá pra ser por SMS, pq estou com pouco crédito. Depois a gente se fala então.

Se não dava para conversar por SMS, talvez fosse um assunto longo. Soltei um gemido e mordi a cutícula do mindinho.

*Que droga, Lucas! Por que você tem que fazer essas coisas comigo?*

Pensei em ligar para Ni, para conversarmos, mas ela deveria estar no estágio. Achei melhor mandar um SMS.

> Ni, você não vai acreditar no que aconteceu.

A resposta chegou dez minutos depois:

**Stephanie**

> O quê?????

Contei tudo a ela.

> O que mais ele quer conversar com você?

> Não sei!

> Ih... Mas você quer falar com ele, mesmo depois de tudo?

> Não sei. Eu estava tão bem...
> Ele tinha que perturbar minha paz com essa mensagem?

> Cuidado com isso, amiga. Não vai se ferir de novo, hein?!

> Pode deixar! Eu não tenho internet para conversar, de qualquer jeito.

> Ainda bem, rsrs.

> O que eu faço agora?

> Por que não vai orar? Vai ajudar a se acalmar. Peça direção a Deus.

> Boa ideia!

Deixei o celular de lado e segui o conselho da minha amiga. Sentada no banco mesmo, orei. Pedi a Deus que não me deixasse fazer uma besteira e me protegesse de todo engano.

# Capítulo 14

O templo da igreja de Mari ficava a duas ruas da casa de vovó. Era domingo à noite e a temperatura estava baixa. O ar se condensava à medida que eu expirava.

Pus as mãos nos bolsos da jaqueta de couro, encolhendo-me, enquanto caminhava pelos paralelepípedos. A pergunta sobre qual seria o assunto que Lucas queria tratar comigo ainda estava lá, me inquietando vez ou outra. Contudo, tentava abafá-la o quanto podia.

Quando cheguei ao pátio da igreja, não encontrei o carro da Ni. O que significava que ela ainda não tinha chegado. Talvez porque saí muito cedo e cheguei vinte minutos adiantada.

Passei pelas altas portas de madeira e vi Mari lá na frente. Ela me avistou e se aproximou com um sorriso no rosto.

— Amiga! Que bom que você veio! — Abraçou-me.

— Acho que cheguei muito cedo, né? — comentei, observando a igreja. Estava praticamente vazia. Além de Mari, só estavam presentes seus pais, conversando com um homem de meia-idade, que vestia uma camisa social azul, e alguns rapazes no púlpito, mexendo nos instrumentos. Decerto eram do ministério de louvor. Dentre eles, estava Felipe, que afinava uma guitarra preta e pisava em alguns pedais, fazendo sons diferentes.

— Ah, que nada! — Mari falou. — A gente estava ensaiando algumas músicas. Mas daqui a pouco as pessoas começam a chegar.

— Você canta no ministério de louvor?

— Canto. E, bom, por que você não vem conhecer o pessoal? — perguntou, sem me dar opção de responder. Segurou-me pelo pulso e me levou até perto do púlpito, onde estavam os outros.

— Melissa! Que bom te receber aqui! — Débora disse, vindo até mim, e me abraçou. Mari era muito parecida com ela. A cor da pele, o rosto em formato coração, até mesmo a estatura mediana. A única coisa que as diferenciava eram os olhos verdes que Mari havia herdado do pai. — Você está tão linda!

Sorri para ela.

— Obrigada.

— Melissa, querida! Seja bem-vinda! — O pastor João, pai de Mari, apertou minha mão e me abraçou. Ele era um homem alto, de pele clara e cabelos negros, com um ou outro fio grisalho. — Como você está?

— Obrigada! Estou bem.

— Bom... — Mari interrompeu com suavidade. — Vou apresentar a Mel ao pessoal do louvor. — Seus pais assentiram, e ela me puxou para perto dos integrantes do grupo. — Pessoal, quero apresentar uma amiga a vocês!

Ao ouvir Mari, Felipe, que estava entretido com a guitarra, olhou para nossa direção. Logo que nos viu, abriu seu sorriso-de-abalar-corações e colocou a guitarra de lado, vindo até nós.

— Mel! Você veio — cumprimentou-me. — Seja bem-vinda!

Sorri também e agradeci.

— Pessoal, essa é a Melissa! — Mari falou para os outros dois rapazes, que nos encaravam.

— Seja bem-vinda! — disse o rapaz alto, de pele cor de areia e cachos loiros na altura dos ombros. Minutos antes, ele estava na bateria. Estendeu a mão para mim e a apertei. Seus olhos eram verdes como os de Mari.

— Esse é o meu primo Theo — Mari me contou.

Já tinha ouvido falar dele, mas essa era a primeira vez que o via. Ofereci-lhe um sorriso, agradecendo.

— Bem-vinda! — desta vez, quem cumprimentou foi o rapaz de pele cor de jaspe, cabeça raspada e estatura mediana, que estava com o que eu imaginava ser um baixo, também estendendo a mão para mim. — Eu sou o Yago.

Apertei sua mão e sorri.

— Obrigada, Yago.

— Fique à vontade, Mel — Felipe disse, dando um pequeno sorriso. — Só tenho que os roubar por uns minutos, porque precisamos ensaiar mais um pouco.

Assenti, e ele se voltou para os outros.

— Vamos lá, pessoal?

Mari se desculpou e apontou para o banco onde se sentaria, pedindo que eu ficasse ali também. Em seguida, juntou-se aos outros. Fui para o local indicado, e eles começaram a tocar a música "Teu Amor Não Falha", da Nívea Soares. A voz de Mari era suave e agradável.

Felipe estava muito bonito. Vestia uma blusa de manga comprida preta e uma calça jeans cinza. O cabelo estava bem arrumado com gel. Nunca o tinha visto tocando antes, principalmente guitarra. Era habilidoso, os dedos pareciam deslizar com facilidade sobre as cordas. O pé direito pisou no pedal e ele fez uma expressão divertida enquanto tocava, apertando os lábios. Parecia estar totalmente imerso na música e... feliz.

— Mel?

Virei-me e vi Ni, que tocava meu ombro. Sorri, levantando-me, e a abracei. Fazia uma semana que não a via.

— Que bom que veio!

— Saudade de você, amiga! — Sorriu também, encolhendo o canto dos olhos estreitos e esticando as sardas sobre as bochechas. O cabelo longo estava brilhante e levemente ondulado. Vestia um casaco preto comprido e elegante sobre a blusa branca de gola alta e a calça jeans. Nos pés, botas pretas de cano baixo.

— Adorei o look! — comentei, e ela esticou os braços ao lado do corpo, olhando para si mesma.

— Quis vestir algo mais básico hoje. Esse tá mais a sua cara.

Concordei, dando uma risada, e cheguei para o lado para que ela se sentasse.

— E aí, já resolveu aquele assunto? — perguntou, apoiando o cotovelo no banco de madeira da frente e olhando para mim de lado.

Franzi a testa.

— Que assunto?

— Mensagem... Lucas... — Inclinou a cabeça de leve e levantou a sobrancelha.

*Ah, esse assunto...*

— Ainda não. Tô sem internet. E não quero me preocupar com isso. Seja lá o que ele queira falar comigo, já entreguei nas mãos de Deus.

— Hum... Isso é bom — respondeu e olhou para o púlpito, para observar o ensaio, que não demorou muito para terminar.

Mari veio até nós.

— Ni, você veio! — Cumprimentou-a com um beijo no rosto.

— Não sabia que você cantava tão bem! — Ni comentou.

— Ah, que nada! — Mari deu um sorriso tímido e depois se sentou ao lado de Ni. — Como anda o estágio?

— Bem! Claro que passo a maioria do tempo digitando documentos e fazendo petições, mas até que eu gosto.

Mari deu uma risada.

— Só você mesmo!

As pessoas já começavam a chegar para o culto, que começou poucos minutos depois.

O homem de camisa social azul que tinha visto mais cedo deu as boas-vindas e fez uma oração. Depois, o ministério de louvor foi chamado e começaram a tocar. Mari ministrou as músicas.

Pela primeira vez, depois de tanto tempo, consegui me conectar. Senti algo diferente no meu interior ao cantá-las, e as letras falaram muito comigo. Em especial uma música que Mari ministrou, enquanto Felipe, que foi para o teclado, começava a tocar algumas notas.

— Por vezes — Mari falou —, procuramos preencher nosso coração com as coisas deste mundo, com prazeres, dinheiro, ou até mesmo com pessoas. Mas, mesmo buscando isso incessantemente, essas coisas acabam por nunca nos satisfazer. Porque a lacuna que existe no ser humano foi criada pelo pecado, que nos afasta de Deus. Essa lacuna só pode ser preenchida de novo pela presença do Pai em nosso coração. Ele é o único amor que enche e transborda. Nesta noite, abra o coração para esse amor. Talvez você esteja procurando por respostas para o seu vazio e nunca tenha encontrado. Mas hoje você pode ser preenchido. Se permita ser inundado pelo amor incondicional do Pai por você.

— Então começou a cantar a música "Amor que enche", da Laura Souguellis.

Cantei junto no refrão e não consegui segurar as lágrimas. Algo dentro de mim dizia para que eu confiasse em Deus. Conversei com Ele, pedindo para ser preenchida pelo Seu amor, porque não queria mais buscar amores de pessoas para me sentir completa.

O pastor João Carlos foi quem pregou. Falou sobre os versículos de 28 a 30 do capítulo 11 de Mateus, que dizem:

> "Vinde a mim, todos os que estais cansados e sobrecarregados, e eu vos aliviarei.
> Tomai sobre vós o meu jugo e aprendei de mim, porque sou manso e humilde de coração; e achareis descanso para a vossa alma.
> Porque o meu jugo é suave, e o meu fardo é leve."

— Meus irmãos, nesses versículos Jesus fala sobre descansar. Mas vocês já pensaram no significado disso? — indagou enquanto andava pelo palco. — Bom, vamos pensar em um carro. Quando você faz uma viagem de carro, sentado no carona, e conhece quem é o motorista e sabe que ele vai conduzir bem, você se sente confortável, não é? Consegue até dormir ou prestar atenção em outras coisas, porque confia que ele vai te levar em segurança ao destino certo.

"Trazendo essa ilustração à luz da Palavra, descansar significa deixar com Jesus o volante da sua vida e confiar que Ele vai te conduzir ao local certo. Com Ele no controle, você não precisa ficar preocupado, pois a viagem vai ser tranquila e você vai conseguir chegar ao destino. Mas você confiaria o volante de um carro nas mãos de quem não conhece o caminho? Poderia descansar sabendo que o motorista não sabe como, nem para onde ir? Porque muitas vezes fazemos isso, irmãos! Queremos tomar o volante da nossa própria vida, mesmo não conhecendo o caminho. E, sem direção, acabamos nos perdendo.

"É disso que Jesus falava nos versículos que lemos. Quando tomamos o controle da nossa vida e queremos fazer as coisas do nosso jeito, acabamos seguindo o caminho errado, e também acumulamos pesos que não deveríamos acumular. Ficamos sobrecarregados, por isso a caminhada parece cada vez mais difícil. Mas Ele nos disse: 'Vinde a mim, todos os que estais cansados e sobrecarregados, e eu vos aliviarei'.

"Se você está carregando um fardo pesado, por ter seguido com as próprias forças, Jesus já disse que você não precisa carregá-lo mais. Entregue hoje aos pés d'Ele tudo aquilo que tem pesado sobre sua vida. Seja um pecado, uma mágoa do passado ou algum problema; algo de qualquer natureza que tenha te atribulado, te atormentado... Jesus quer ter o controle da sua vida! Não precisa ter medo, porque Ele mesmo nos disse que seu jugo é suave e seu fardo é leve. Você precisa entregar o volante da sua vida nas mãos d'Ele e descansar. Confie que o Senhor fará o melhor. Sabe por quê? Porque Ele conhece o caminho. Ele vê o que não podemos ver, pois é Soberano e tem o controle de tudo em Suas mãos."

A pregação do pastor parecia ter sido feita para mim. Assim como vovó, e também o versículo que havia lido, falava sobre descansar em Deus. Era como se Ele próprio estivesse falando comigo naquele momento, dizendo-me para confiar n'Ele.

No fim da pregação, o pastor fez um apelo. Chamou à frente todos os que queriam, a partir daquele momento, ser conduzidos por Jesus. Senti algo queimando no peito, incomodando-me para ir até lá. Então, mesmo depois de relutar por uns minutos, me levantei e fui. Ele orou por todos que tinham ido e declarou uma nova jornada.

Depois da oração, foi como se um peso muito grande tivesse saído de cima de mim. Senti uma paz inexplicável preenchendo meu coração, meu corpo, todo o meu ser. Era como se estivesse flutuando sobre o solo.

Foi diferente e maravilhoso ao mesmo tempo.

Quando voltei para o banco, Stephanie e Mariana me abraçaram forte e se emocionaram comigo.

Assim que o pastor deu a bênção final, Mari foi cantar a música de encerramento junto ao ministério de louvor. Quando eles terminaram, ela e o irmão se aproximaram de nós.

— Ei, meninas, topam sair para lanchar com a gente? — Felipe perguntou.

— Ah, não vou poder, tenho que ir cedo para casa — Ni respondeu. — Amanhã tenho estágio.

— Poxa, Ni! — Mari apertou os lábios. Depois olhou para mim. — E você, Mel, vem?

— Não vai dar, amiga. Vovó tá sozinha. É melhor eu voltar para casa. Deixa pra próxima!

— Tudo bem, então. — Mari assentiu com a cabeça.

Ni já estava de saída e perguntou se eu queria uma carona. Respondi que não precisava, afinal a casa de vovó era perto dali. Também não queria lhe causar transtorno, sabendo que teria que seguir uma rota diferente só para me deixar lá. Minha amiga então se despediu. Mari e Felipe responderam em uníssono, fazendo-me rir.

— Se amam tanto que falam juntos! — brinquei.

Mari riu e deu um tapinha no braço do irmão.

— Ele que me copiou!

Felipe franziu os lábios, com deboche.

— Tá bom, dona engraçadinha! — Ele cruzou os braços. — Quando você vai admitir que ama demais o seu irmão?

— Para você se gabar? — Mari ergueu o queixo e pôs as mãos nos bolsos do sobretudo lilás.

Felipe balançou a cabeça, em desaprovação.

— Deixa para lá, eu desisto!

— Ah, vem cá, meu chato preferido! — Mari o abraçou, e ele abriu um sorriso.
Dei uma risada.
— Já sabia disso.
Felipe riu.
— Eu também!
Mari o soltou e deu outro tapa no braço dele, de brincadeira.
— Eu sabia que você ia se gabar!
Felipe deu um sorriso divertido e olhou para mim.
— Ei, Mel, vai ficar de férias até que dia?
— Até semana que vem. Volto a estudar na outra segunda. Por quê?
Mari se virou para mim e respondeu por ele:
— Bom, porque na sexta vai ter um congresso em um sítio aqui perto, com algumas das igrejas da região, e gostaríamos de saber se você quer ir com a gente. Vai ser bem legal, tem várias palestras programadas.
— Não sei...
— Vamos, sim, amiga! Você vai amar, te garanto — Mari disse, enganchando a mão no meu braço.
— Tá bom, eu vou — concordei, por fim. Eles sorriram. — Bom, agora tenho mesmo que ir, vovó deve estar preocupada.
— Quer que eu te leve? — Felipe perguntou. — Tá meio tarde para ir sozinha.
— Ah, não precisa, não. Não quero incomodar vocês. E não tem problema voltar sozinha, a casa de vovó é aqui perto.
Felipe me fitou com os olhos castanhos.
— *Eu insisto* — falou, decidido, impedindo qualquer tentativa de protesto. — Eu te levo. Depois volto para irmos lanchar.
Soltei um suspiro. Não conseguia vencer aquele olhar.
— Tá... — Dei de ombros e guardei as mãos nos bolsos da jaqueta.
Caminhamos pelo estacionamento enquanto eu me questionava por que não tinha aceitado a oferta de Ni. Agora teria que encarar o senhor-sorriso-bonito pelo caminho até a casa da vovó Margarida. Não que fosse a pior coisa do mundo, mas é que ele me deixava um pouco desconcertada.

# Capítulo 15

Felipe parou de repente e me encarou. Coçou a testa, olhou para o estacionamento e de novo para mim.

— Ahn... Melissa?

— Oi?

Esfregou a mão na nuca.

— Será que tem problema se formos de moto?

Levantei as sobrancelhas e, involuntariamente, separei os lábios. *Ele disse moto?*

— Você tá brincando, né?

— Hum... — Deu-me um meio-sorriso, parecendo sem graça. — Na verdade, não.

Encarei-o em silêncio, absorvendo a informação.

— Bem, é que eu vim de moto hoje... — Colocou as mãos nos bolsos da calça. — Tem algum problema?

— Ah, então deixa para lá! É melhor eu ir andando mesmo.

Ele coçou a testa outra vez e pareceu perceber meu olhar de pavor, porque disse:

— Tá bom, vamos andando.

— Não, deixa para lá. Não precisa ir comigo, Felipe!

A princípio, eu nem queria que ele me levasse. Também não achava justo fazê-lo andar até a casa de vovó e depois retornar para a igreja. Não via problema algum em ir sozinha, muito menos gostava da ideia de incomodar as pessoas.

— Dá pra parar de ser teimosa? — Franziu os lábios e me encarou, sério. — Eu não vou te deixar ir sozinha, tá bom?

Revirei os olhos, e ele continuou me encarando.

— Não vai mesmo desistir, né? — questionei.

— Não.

Expirei.

— Tá... Vamos logo! — concordei, vencida, e comecei a andar em direção à saída. Não ganharia a discussão mesmo...

Notei que Felipe não se moveu, portanto me virei para ele. Estava com as mãos nos bolsos e com um sorriso enviesado no rosto.

— O que foi? — perguntei.

— Nada. — Ele prendeu os lábios, forçando-se a ficar sério.

Semicerrei os olhos.

— Nada?

— É... Vamos! — Dessa vez foi ele quem saiu andando pela rua.

Segui-o, confusa. Qual era a graça?

Caminhamos pela rua lado a lado, em silêncio, até que ele resolveu falar:

— O culto foi muito bom, né?

— Sim. — Fixei os olhos nos paralelepípedos, sorrindo. — Deus falou muito comigo hoje.

— É, eu vi que você foi lá na frente.

— Não consegui resistir. Era como se a pregação tivesse sido feita pra mim, sabe? Preciso aprender a confiar mais em Deus.

— Sei como é. É maravilhoso quando Ele fala com a gente de forma tão profunda. Realmente não dá para resistir ao Seu amor.

— Sim, foi isso que senti — respondi, animada. — Desde o momento de louvor, percebi algumas mudanças dentro de mim, sabe?! Sei lá, foi como se barreiras tivessem sido quebradas.

Ele levantou os olhos e curvou suavemente os lábios.

— Que bom,. Fico feliz que tenha sido tocada. Nós oramos muito por isso, sabe?

— Como assim?

— Ah — ele voltou a olhar para a rua —, sempre que cantamos os louvores, oramos para que as pessoas sejam tocadas pelo Espírito Santo. Oramos para que o Pai faça de nós um canal de bênção para os outros.

— Ah, entendi.

— Bem... É bom ver que estamos produzindo frutos. É isso o que mais peço a Deus todos os dias.

— Não sabia que você tinha um relacionamento assim com Ele.

— Ah, bem... — Ele pôs as mãos nos bolsos da calça de novo e encolheu os ombros, enquanto olhava para frente, parecendo um pouco constrangido.

— Na verdade, antes eu não tinha. Por muito tempo, fiz as coisas da maneira errada. Estava dentro da igreja, mas não fazia as coisas por amor, sabe? Estava lá só por estar. Fazia porque meu pai pedia, não porque queria agradar Deus. Mas, graças a Deus, meus olhos foram abertos e percebi que deveria viver de outro modo. Que eu precisava ter um relacionamento de verdade com Ele. — Seus olhos me encontraram de novo, pareciam diferentes. Tinham uma espécie de brilho refletido neles. — Quando construí esse relacionamento, percebi que não há lugar melhor para se estar senão com Ele, com meu grande Amigo.

— Engraçado como ultimamente tenho ouvido falar sobre ter mais intimidade com Deus. Mari foi a primeira a tocar no assunto, depois vovó Margarida e agora você.

Felipe sorriu para mim.

— Talvez seja o Pai querendo falar com você. Já pensou nisso?

— Acho que sim. — Balancei a cabeça, concordando. — Só que ainda não entendo direito como isso funciona.

— Bem, você precisa ver o Senhor como um Amigo, sabe? Ele não é apenas um Deus Soberano que está acima de nós e que tem poder para fazer todas as coisas. Sim, Ele é isso tudo, mas também é nosso amigo. Ele quer ter um relacionamento com a gente, quer partilhar seus segredos, nos revelar Sua vontade, além de desejar nos ouvir também. Porque Ele se importa com o que sentimos, sonhamos, pensamos. Ele não quer ser apenas aquele a quem prestamos culto, mas deseja fazer parte da nossa vida como um todo.

— Nossa, isso é lindo! — Sorri com a constatação.

Ele sorriu também e fitou meus olhos.

— Jesus te ama e quer ter você perto d'Ele. Abra seu coração e Ele fará a obra.

Balancei a cabeça levemente, assentindo.

— Obrigada, Felipe.

— Não tem que agradecer por nada, Mel. — Mostrou-se compreensivo, de forma simpática.

Ambos encaramos o caminho à frente. Fiquei refletindo sobre o que ouvira naquela noite.

Quando chegamos ao portão da casa da minha avó, parei de frente para Felipe.

— Bem, é aqui...

Ele elevou o canto dos lábios e esfregou as mãos na calça.

— Ok... Então, está entregue.

Assenti e abaixei os olhos para uma rachadura na calçada. Era difícil encará-lo por muito tempo.

— É... — ele acrescentou. — Boa noite, Girassol.

Voltei a olhá-lo e sorri, sem jeito.

— Boa noite. E, mais uma vez... obrigada.

— Como disse, não tem que me agradecer por nada.

— Mas acho que preciso me desculpar por você ter vindo a pé... — Ri, tentando amenizar a vergonha que estava sentindo. — É que eu morro de medo de moto.

Encolhi os ombros, fazendo-o rir.

— Tudo bem. De qualquer forma, acho que foi melhor, porque a gente pôde conversar. — Fitou-me com *aquele* sorrisão no rosto.

Sorri sem mostrar os dentes e desviei o olhar para a rachadura de novo. Aquela expressão me deixava constrangida de alguma forma. Talvez fosse a lembrança do tempo em que eu gostava muito dele.

Um vento congelante bagunçou todo o meu cabelo. Todavia, mesmo com tanto ar soprando sobre mim, meus pulmões não queriam funcionar direito. A respiração estava cada vez mais irregular, o que era muito estranho...

*Que droga!* Por que ele tinha que sorrir assim para mim?

— Bem... vou indo — Felipe resolveu quebrar o silêncio.

Tentei arrumar o cabelo e o encarei.

— Tá bom. Também vou entrar. Vai com cuidado.

— Pode deixar... — ele respondeu, depois segurou o portão da casa de vovó para me perguntar: — Nos vemos na sexta, né?

Aquele par de olhos em cima de mim me fizeram esquecer completamente do que ele falava. E, na certa, minha expressão confusa tenha deixado isso claro, uma vez que ele completou:

— No congresso.

— Ah... Sim! — Apertei meus olhos por uns segundos, enfim assimilando as informações. — Sim. Nos vemos lá.

Ele se despediu e acenou. Acenei também, enquanto o observava se afastar. Passei pelo portão e olhei para o céu estrelado. Um sorriso involuntário se formou nos meus lábios.

Agradeci a Deus pelo dia cheio de surpresas e sensações boas. Ele falou muito comigo; não somente no culto, mas também quando conversei com Felipe.

Minha mente estava cheia de perguntas sobre ter Jesus como um amigo. Felipe falava disso de uma forma tão animada... Seus olhos brilhavam e os lábios emolduravam aquele sorriso...

Suspirei e balancei a cabeça, forçando-me a voltar o foco para o teor da conversa que tivemos.

# Capítulo 16

Quando entrei em casa, vovó estava dormindo no sofá, provavelmente me esperando. Chamei-a e lhe disse para ir para a cama. Depois que seguiu meu conselho, fui ao quarto e orei, entregando minha vida nas mãos de Deus. Aproveitei para pedir que me ensinasse a viver um relacionamento com Ele, porque queria tê-lo como amigo. Depois de ler a Bíblia, me deitei, sentindo paz em meu coração.

No dia seguinte, acordei cedo, fiz o café e esperei por tia Linda até às dez da manhã. Assim que chegou, decidi ficar mais um pouco para o almoço. Auxiliei-a a prepará-lo e, enquanto comíamos, ela me contou como havia sido a visita ao meu primo. Mostrou-me os vídeos da neta: uma bebezinha muito simpática que me deixou encantada e sonhando com o dia em que poderia segurar meu sobrinho ou sobrinha também.

Quando terminamos, arrumei minhas coisas, me despedi dela e de vovó, e mamãe foi me buscar de carro.

Chegando ao apartamento, fui para meu quarto guardar minhas coisas e senti o celular vibrar durante uns bons minutos. Havia pelo menos umas trezentas mensagens novas recebidas. Claro que a maioria era do grupo da faculdade. Mas percebi que também havia mensagens de Ni, de uma semana atrás, antes de ela saber que eu estava sem internet.

E também mensagens de Lucas, da semana anterior. Já tinha me esquecido de que ele me perguntara quando eu ficaria on-line de novo.

Terça-feira
**Lucas**

Ei, tá on-line? 13h20

Preciso falar com você. 14h52

Sexta-feira
**Lucas**

> Quando puder, me chame, por favor. 17h13

> Sei que tá sem internet, mas quando ficar on-line me avisa. 17h14

Lucas estava on-line. Fiquei receosa de chamá-lo, mas o que poderia fazer? Ignorá-lo? Ele logo perceberia que tinha visualizado as mensagens.

E, bem... Se ele me mandou tantas, deveria ser algo importante.

Sendo assim, decidi deixá-lo se explicar. Enviei um "oi", que me pareceu a mensagem mais neutra possível, e em alguns minutos ele começou a digitar.

> Oi. Estava preocupado, pensei que não me responderia... Mas que bom que respondeu.

> O que você queria falar comigo?

> Posso te ligar?

*Mas por quê?*

Respirei fundo e me recostei na cabeceira da cama. Mordi o lábio e reli a mensagem por uns dois minutos. Devia ser uma bomba para ele querer me ligar.

E eu não sabia se resistiria à sua voz.

*O que eu faço? O que eu faço? O que eu faço?*

> Tá aí?

*Droga.*

Ok, não seria um problema ouvir a voz dele, né? Já fazia tanto tempo... Eu não voltaria atrás, de qualquer forma.

Mas por que meu coração não sossegava?

> Pode.

Arrependi-me no mesmo instante que a mensagem foi visualizada por ele, mas não tinha mais jeito, o telefone já estava tocando.

— Oi — atendi. Minha voz soou mais fraca do que pretendia.

— Ei... Como está? — Lucas parecia cauteloso.

— Bem. E você?

— Bem também... — Fez uma pausa. — Sinto sua falta.

*Droga, droga, droga!*

*Não, não acelere, coração!*

Como não respondi, ele limpou a garganta e continuou:

— Tenho pensado muito em você nos últimos dias. É bom ouvir sua voz de novo.

Que voz? Eu não estava falando absolutamente nada. Não conseguia, estava ficando sem ar...

— Mel, ainda está aí?

— Tô.

— A ligação parece ruim. Deve ser a internet... Não sei se me ouviu.

— Ouvi.

O que ele queria com aquilo tudo?

— Então... Eu sei que não nos falamos desde o término. Na verdade, aquilo me pegou de surpresa e fiquei um pouco chateado. Mas... não consigo te esquecer. Tem sido difícil seguir em frente. — Ouvi sua respiração pesada do outro lado. — Escutei nossa música esses dias e senti tanta vontade de ouvir sua voz de novo... Eu não quero ocupar muito do seu tempo, só quero que saiba que ainda te amo.

Quase xinguei. Coloquei a mão na boca e deitei na cama.

*Preciso de ar!*

Ele soltou uma risada sem humor.

— Não — acrescentou. — Para falar a verdade, não é só isso... Eu queria mesmo era pedir uma nova chance de te fazer feliz. Me perdoa por ter te magoado tanto. Agora sei que fui meio ausente enquanto estávamos juntos. Mas estou disposto a fazer diferente se você me aceitar de volta. Eu te amo, minha linda. Volta para mim?

*Meu Deus, o que é isso?! Logo agora que eu o estava esquecendo?*

*O que eu digo agora? "Ah, eu te amo também, só que não podemos ficar juntos". Que droga!*

Eu ainda o amava?

Não, não, não.

Não queria magoá-lo de novo, mas como rejeitá-lo de uma forma menos dolorosa?

— Ah... eu... — foi tudo o que saiu.

— Me desculpe, você deve estar confusa. Talvez eu não devesse ter ligado...

— Não, tudo bem, Lucas. Não precisa se desculpar. É só que... estou um pouco surpresa.

Ele soltou uma risada nervosa.

— Ah, claro... Acho que foi meio repentino, né? Sinto muito por não ter dito isso antes. Só queria que você soubesse que ainda te quero... — declarou, e acrescentou rapidamente: — Mas não precisa me responder nada agora.

— Não sei o que dizer...

*O que você está fazendo? Dispensa ele logo!*

— Bem, podemos mudar de assunto. Só me deixa ouvir sua voz mais um pouco. É... Me conta, como vai a faculdade?

Ah, claro. Quem é que diz: "Oi, volta pra mim, pois eu te amo" e logo em seguida acrescenta: "Mas e aí, me conta, o que você comeu no café da tarde?"?

*Seria pecado dizer que estou com sono em plenas três da tarde e desligar rápido?*

— Ahn... estou de férias. E você, como vai o mestrado?

— Corrido, como sempre, mas bem.

E, então, silêncio. Respirei fundo e decidi acabar com aquele constrangimento logo:

— É... Olha, Lucas, preciso desligar.

— Ah, tudo bem. Nos falamos depois. Foi bom ouvir sua voz.

*É, eu sei. Você disse isso várias vezes.*
— Tchau, então — falei.
— Tchau, minha linda.
Desliguei e abafei um grito no travesseiro.
*Por quê, Deus? Por quê?*
Estava me esforçando bastante para esquecê-lo. Até apaguei suas mensagens antigas, nossas fotos e tudo o que me fizesse lembrar dos momentos bons que tivemos juntos.

E estava conseguindo.

Mas esse retorno não estava nos meus planos.

Nunca imaginei que ele tentaria me reconquistar, que demonstraria se importar comigo depois de tanto tempo. Porque isso tornava tudo ainda mais difícil.

Meu coração agora gritava dentro do peito: *Volte para ele. Você o ama, ele te ama. Seja feliz!*

*Mas Deus disse que não era para ficar com ele...*

Eu não devia ter atendido a ligação.

Ou melhor, não devia ter respondido aquela mensagem.

# Capítulo 17

Ficar o restante dos dias de férias no quarto estava me sufocando, ainda mais quando a declaração do Lucas não saía da mente. Nem ler eu estava conseguindo.

Peguei a bicicleta e fui pedalar no parque para espairecer. Coloquei uma música agitada nos fones e acelerei, com o coração pulsando no mesmo ritmo. Inspirei fundo, sentindo o ar puro. Não podia me deixar levar pelos sentimentos. Precisava ouvir a voz de Deus.

Precisava!

O parque estava praticamente vazio. Só havia algumas pessoas caminhando solitárias e um grupo de idosos se exercitando no gramado.

Desacelerei enquanto passava pelo Caminho dos Ipês, onde, literalmente, vários pés de ipê-roxo delimitavam a passagem em ambos os lados. O gramado exibia um lindo tapete de pétalas.

Olhei para o céu quase sem nuvens e comecei a orar:

*Senhor, não deixe eu me iludir com o Lucas de novo, por favor. Eu quero ouvir Sua voz, quero fazer Sua vontade desta vez...*

O celular apitou no bolso, me distraindo da tentativa de oração. Freei a bicicleta para ler.

**Lucas:**

*But all the miles that separate*
*They disappear now when I'm dreaming of your face*
*I'm here without you, baby*
*But you're still on my lonely mind*
*I think about you, baby*
*And I dream about you all the time*
*(Mas toda a distância que nos separa*
*Desaparece agora, quando sonho com seu rosto*

*Esperarei por Você*

> Estou aqui sem você, amor
> Mas você ainda está na minha mente solitária
> Eu penso em você, amor
> E sonho com você o tempo todo)[1]

Embaixo, enviou uma selfie. Vestia o casaco de moletom da universidade e fazia uma cara triste, com a legenda: "Está frio aqui sem você.".

*Tão lin... brega! Brega!*

Ainda assim, um sorriso involuntário despontou dos meus lábios. Reagi à foto com uma figurinha rindo.

Lucas começou a digitar uma mensagem e, no mesmo instante, me senti profundamente culpada. Bloqueei a tela.

O que eu estava fazendo?

*Ai, Deus, eu pedi ajuda, não uma tentação!*

Respirei fundo e pedalei até a Flocos de Neve. Precisava de um sorvete de chocolate com açaí, morango e calda de chocolate derretido.

Prendi a bicicleta, entrei e, após pagar por uma vasilha generosa de sorvete e açaí, me sentei à mesa perto das portas de vidro. Peguei o celular de novo, sem conseguir resistir à curiosidade.

> Tá rindo do meu amor por você?

Enviou uma figurinha com cara de confuso.

> Não, jamais. É só que, vamos combinar, a frase foi meio brega 😛

> É, foi mesmo 😂
> Mas... é verdade. Queria que estivesse aqui. Estava ouvindo essa música e pensando em você. Em seus abraços, seus beijos.

---

[1] Trecho da música "Here Without You", de 3 Doors Down.

Enfiei uma colher cheia de sorvete na boca, o que fez meus dentes doerem um pouco. Torci o rosto e mastiguei um canudo de biscoito com impetuosidade.

*Assim fica difícil!*

A verdade é que eu meio que estava apreciando esses flertes dele. E isso não era bom, nada bom...

> O que está fazendo por aí?

> Tomando sorvete.

E tentando não ficar mexida com você.

> E você?

> Editando um artigo 😝

Enviou uma foto do notebook cheio de cálculos. Ao fundo, seus pés calçados com meias repousavam sobre a mesinha de centro.

> Parece muito interessante. É grego?

Enquanto ele digitava, recebi a notificação de um *direct* de Ni no Instagram.

Estremeci um pouco, sentindo-me vigiada. Mas logo me dei conta: ela não poderia saber o que estava acontecendo.

E eu também não contaria.

Abri e vi que era um *reel* com um vídeo nostálgico de Demi Lovato e Joe Jonas em Camp Rock, cantando "Wouldn't Change a Thing". Ela vivia compartilhando essas coisas da nossa adolescência.

Comentei: "Ahhh, bons tempos! ♥" e decidi navegar pelo *feed* para distrair a mente. Depois, abri os stories. Fui passando para o lado, sem achar nada muito interessante, até que apareceram os de Felipe. Eu o estava seguindo desde que o vi no parque. Ele não postava muito no *feed*, só nos *stories*.

Tinha compartilhado uma foto em que Theo o marcara, fazendo *hang loose* juntos. E, depois, postou versículos do seu devocional, sobre Tiago 1:13-15. Estremeci ao ler:

*"Ninguém, ao ser tentado, diga: Sou tentado por Deus; porque Deus não pode ser tentado pelo mal e ele mesmo a ninguém tenta. Ao contrário, cada um é tentado pela sua própria cobiça, quando esta o atrai e seduz. Então, a cobiça, depois de haver concebido, dá à luz o pecado; e o pecado, uma vez consumado, gera a morte."*

Em choque, fiquei segurando a tela por alguns segundos e relendo. Até que recebi outra mensagem de Lucas.

> Quase isso 😝
> Mas não é tão interessante quanto conversar com você.

*Tá bom, entendi, Deus!*
Bloqueei a tela e pedi perdão por tê-Lo questionado.

## Capítulo 18

No dia do congresso, Mariana e seus pais me buscaram de carro bem cedo. O pastor João dirigiu por todo o trajeto.

Felipe não foi com a gente. Tinha ido mais cedo para a casa de Theo, segundo Mari me informara, porque carregariam os instrumentos para o sítio.

Mari havia me avisado que o caminho era longo, já estávamos há quase uma hora viajando. Passamos pela rodovia principal até a cidade vizinha e, depois da área urbana, entramos em uma estrada de terra. Ao redor, havia campos sinuosos, com gado pastando. E, ao longe, montanhas rochosas cercadas por vegetação.

Passamos boa parte do caminho conversando e dividindo histórias. Mari e sua mãe, Débora, contaram as suas experiências em São Paulo e alguns fatos engraçados que aconteceram com elas pela diferença de costumes e expressões idiomáticas.

Até que, enfim, depois de algumas horas de viagem, nos aproximamos de uma porteira grande de madeira, com um telhadinho sobre ela. Uma placa rústica abaixo dele indicava o nome: Sítio Cascata das Águas.

O caminho era cercado em ambos os lados por palmeiras-imperiais e extensas cercas brancas de madeira.

O pastor parou o carro no estacionamento e descemos. Olhei ao redor. Um gramado se estendia por toda parte. Do lado esquerdo, havia um espaço grande com telhado colonial, sustentado por colunas de madeira, onde, imaginei, ocorreriam as palestras e outras atividades. Estava cheio de cadeiras brancas — algumas empilhadas, outras sendo enfileiradas por pessoas que deviam fazer parte da equipe de organização.

Na parte central do lugar, mais ao fundo, pude ver uma grande casa de dois andares, também de telhado colonial, com uma varanda ao redor, sustentada por colunas de madeira escura, com balaustrada do mesmo material. Havia também um caminho de pedras ligando a casa ao espaço onde estavam arrumando as cadeiras.

O estacionamento ficava do lado direito do terreno e, mais ao fundo, parecia haver um campo de futebol e uma piscina grande.

O céu estava limpo e o Sol começava a aparecer, embora o ar ainda estivesse gelado naquele horário. Mal tinha passado das sete horas da manhã.

Fechei os olhos e respirei fundo, sentindo o cheiro da grama ainda úmida pelo orvalho.

— Mel! — Mari me despertou da pequena contemplação do ambiente. — Vamos! Temos que pegar as credenciais.

Enfiei as mãos nos bolsos da jaqueta e a segui. Ela me levou até o espaço coberto onde estavam arrumando as cadeiras. No canto direito, uma mulher de cabelos cacheados e óculos de armação vermelha mexia em uns papéis sobre uma mesa. Mari a cumprimentou. A mulher abriu um sorriso e ajeitou os óculos no rosto, dando-nos boas-vindas. Em seguida, verificou nossas inscrições e nos entregou pulseiras verdes de identificação.

Agradecemos e seguimos até a parte onde os rapazes estavam montando o equipamento de som.

— Theo, pode pegar aquele cabo ali pra mim? — Felipe apontou para um lugar à esquerda. O primo fez como ele pediu.

— Oi, meninos! Chegamos! — Mari disse. — Precisam de ajuda?

Theo acenou para nós e sorriu. Cumprimentei-o de volta.

— Ah, não precisa. Tá tudo tranquilo — Felipe disse, sem se virar para ela, concentrado em encaixar o cabo em uma caixa de som.

Quando acabou o que estava fazendo e se virou na nossa direção, suas sobrancelhas se ergueram e os lábios se curvam em um sorriso.

— Oi, Melissa! Nem vi que você estava aqui.

Dei-lhe um sorriso tímido e acenei.

— Oi!

— Acabamos de chegar. Se precisarem de alguma coisa, é só me chamar. Vou dar uma volta por aí com a Mel. — Mari olhou para mim, sorridente. — Quer conhecer o sítio?

— Uhum — respondi e ela me levou para passear pelo local.

Andamos pelo caminho de pedras, que ia até a casa e depois seguia até o campo de futebol.

— Vim aqui mês passado com meu pai, para uma reunião, e me apaixonei pelo lugar — Mari comentou, olhando para o caminho. — É bom estar em um lugar tão calmo, depois de ter vivido alguns anos com o barulho, a poluição e o trânsito intenso de São Paulo.

Respirou fundo e fechou os olhos, como se apreciasse o ar puro.

— Senti saudade de Nova Hortênsia, da calmaria e dos bons amigos. — Voltou-se para mim. — Senti sua falta.

— Também senti muito a sua. Fico feliz que tenha voltado. Nosso trio finalmente está completo de novo. — Abri um sorriso divertido.

— Você e a Ni foram minhas melhores amigas da infância. Temos muita história... — Olhou para frente e soltou uma risada. Depois olhou de soslaio para mim. — Por falar em infância, você se lembra da minha primeira paixonite? — Balançou a cabeça. — Não sei o que eu via nele.

— Aquele seu vizinho?

Ela assentiu.

— Como eu não ia me lembrar? Você caía de amores toda vez que o via e escrevia bilhetinhos de amor em um caderno antigo. — Dei uma risada.

Ela me olhou com uma expressão divertida.

— Eu tinha só 12 anos na época. Nunca entreguei aqueles bilhetes, só o admirava de longe. — Riu também. — Sabia que outro dia eu encontrei esses cadernos e comecei a rir? Como eu era boba e inocente naquela época!

— Acho que todo mundo um dia já teve um amor platônico. Geralmente, o primeiro amor é assim.

Mari me olhou com curiosidade.

— Não lembro quem foi o seu. Você lembra?

Sorri, acanhada, e olhei para o campo de futebol. Claro que lembrava. Ele, por acaso, estava arrumando cabos de som a alguns metros de nós. Tinha um sorriso lindo e tocava guitarra. Mas não podia dizer a Mari que meu primeiro amor tinha sido o irmão dela. Era um pouco constrangedor.

— É... você não o conhece. Era um garoto da minha escola.

Ela assentiu.

— Mas, por falar em amores, como anda o coração?

Olhei para ela. Mari deveria estar falando do Lucas.

— Ah... — Voltei os olhos para as pedras do caminho. — Pensei que o tivesse esquecido. Mas ele resolveu aparecer e tem insistido para voltarmos. Me manda mensagens quase todo dia. Eu sei que não devo voltar com ele, nem quero fazer isso, embora meu coração doa. Sei que não é a vontade de Deus. Mas... é bom poder conversar com ele de novo...

— Nossa, amiga! — Mari parou de andar, o que me fez parar também. Ela franziu as sobrancelhas. — Você já disse isso pra ele? Que não o quer de volta?

Enchi os pulmões e desviei os olhos.

— Ainda não... Não queria magoá-lo, ele parece sentir algo por mim ainda...

— Mas você acha certo ficar aceitando o amor dele assim, mesmo sem ter interesse em voltar?

Mordi o lábio e a encarei.

— Mel — ela continuou —, você vai magoá-lo de qualquer jeito. E dar a ele falsas esperanças não é o melhor modo de fazer isso.

*Cortante como uma navalha.*

Engoli em seco e assenti, assimilando suas palavras.

— Ele vai parar de falar comigo de novo... — peguei-me revelando meus pensamentos.

Com um sorriso qualificador, ela me deu a sentença:

— Talvez isso seja necessário.

Suspirei e voltei a caminhar.

— Tá, vou pensar em um modo de resolver isso. Mas agora vamos ver o sítio.

Ela não disse mais nada, deteve-se em me apresentar o restante do lugar. Em seguida, voltamos para o espaço coberto, porque ela precisava ensaiar antes de começarem.

O rapaz que tocava baixo, Yago, já estava presente, afinando o instrumento.

Sentei-me em uma das cadeiras da primeira fileira e fiquei observando o ensaio. Quando acabaram, Mari me levou para uma fileira mais atrás, já que as primeiras estavam reservadas para os líderes. Os rapazes se aproximaram e Felipe tomou lugar ao lado de Mari, seguido por Theo e Yago.

Logo se deu início à primeira sessão, com abertura inicial e louvor ministrado pelo grupo deles. Tivemos um pequeno intervalo para o café da manhã e depois ocorreu a primeira palestra do dia, que acabou perto do horário do almoço.

Dirigimo-nos a uma grande tenda, próxima ao estacionamento, onde estavam servindo o almoço. E, após pegarmos nossos pratos, tomamos lugar a uma das mesas espalhadas pelo espaço. Enquanto comíamos e conversávamos sobre a palestra do dia, recebi uma mensagem.

**Lucas**

> Ei, tá em casa hoje?

Mordi o lábio e olhei com incerteza para Mari, que ergueu a sobrancelha ao notar que eu a fitava.

— O que foi?

— É que... recebi outra mensagem dele.

— E o que ele disse? — Deu uma garfada no frango do estrogonofe e o levou à boca.

— Perguntou se estou em casa.

Ela franziu a testa.

— Deve estar tentando puxar assunto. Você vai responder?

Torci o canto dos lábios.

— Já respondi, na verdade. — No mesmo instante, meu celular apitou. Olhei para a tela. — E acabei de receber outra.

— Mel! — reprovou.

Dei de ombros.

— E o que ele disse?

Engoli em seco e mostrei a tela para ela. Mari colocou a mão na boca enquanto lia.

> Não. Estou em um congresso.

> Ah, interessante. E amanhã, estará livre? Estou em Nova Hortênsia e queria te ver. Vou embora à noite.

— Você vai? — Devolveu-me o aparelho.

— Aonde? — Theo se intrometeu, aproximando-se de nós com Yago. Bloqueei a tela rapidamente.

— Lugar nenhum — respondi e olhei para Mari, enquanto eles se sentavam com a gente.

Ela apertou os lábios e voltou a comer para disfarçar.

— Que cara é essa a de vocês, hein? — Yago apoiou o braço na mesa e ergueu a sobrancelha. — Parece que a comida tá azeda.

— Tipo isso. — Mari deu de ombros.

— Ih, já vi que interrompemos uma conversa séria! — ele disse e puxou a cadeira para trás. — *Vambora*, Theo! Deixa elas conversarem.

— Não, o que é isso?! Podem ficar — respondi e tomei um gole de refresco de guaraná, evitando olhar para Mari.

Não queria mesmo tocar naquele assunto. Muito menos tinha uma resposta para Lucas...

Era melhor não pensar nisso.

— Se é assim, vamos ficar então. — Theo sorriu e olhou para mim. — E a sua amiga, não veio?

— A Ni? Não pôde vir, tá ocupada.

— Ah, sim, que pena... — Ele apertou os lábios e se recostou na cadeira branca.

— Está gostando da programação? — Yago perguntou.

— Bastante. E eu amei o sítio. É um lugar muito pacífico.

— Hum, por falar nisso, aqui tem uma cascata incrível — Mari entrou na conversa.

— Sério? Onde?

— Fica mais a noroeste do sítio. Depois da segunda sessão a gente pode passar lá.

Sorri, empolgada.

— Combinado!

---

Assim que o horário de almoço terminou, voltamos ao espaço das palestras para a segunda sessão. Ela durou mais ou menos uma hora e, confesso, me inquietou muito.

Parecia ter sido feita para mim.

O pastor que a ministrou falou que muitas vezes dizemos confiar em Deus e em Suas promessas, mas demonstramos o contrário. Entregamos o controle das situações a Ele, mas o tomamos de volta quando as coisas não acontecem conforme nosso desejo e Ele nos leva por um caminho que, por vezes, parece incerto e mais difícil. Isso, porém, demonstra falta de fé e até de confiança em Sua bondade.

Imediatamente me lembrei de Lucas. Eu estava pegando o controle de volta, ignorando os alertas de Deus sobre esse relacionamento não ser da Sua vontade.

Caminhava na corda-bamba, brincando com o passado.

E, admito, estava prestes a cair.

De novo.

# Capítulo 19

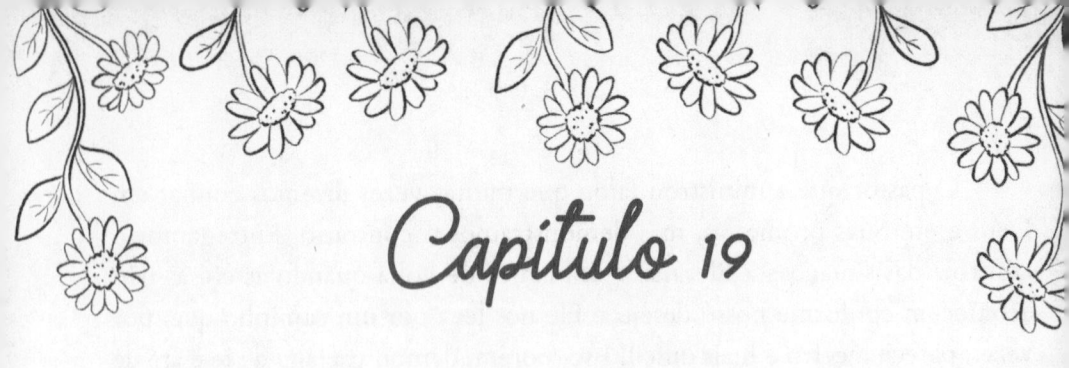

Depois daquela palestra, ficamos livres por pelo menos mais duas horas antes do encerramento. Afinal, a penúltima sessão era exclusiva para líderes. Então, Yago sugeriu que fôssemos à sala de jogos, que ficava perto da piscina.

— Eu topo! — Theo respondeu e esfregou as mãos. — Hoje terei minha revanche no pingue-pongue!

— Revanche? — perguntei.

Theo balançou a cabeça em afirmativo.

— É. Da última vez que jogamos, Yago e Felipe ganharam de mim. Mas estou mais bem treinado.

Dei risada. Theo parecia ser bastante competitivo.

— Nunca joguei. É legal?

— Quer ir com a gente? — Felipe me perguntou. Depois olhou para os outros. — Que tal todo mundo ir e jogar?

— Eu topo! — Mari disse.

— Mas eu não sei jogar, gente — comentei. — Vou ficar só observando, tá?

— Que observando, o quê! — Felipe falou para mim. — Vamos lá, que te ensinamos!

Chegando à sala de jogos, Felipe pegou as raquetes e a bolinha no armário e veio até nós. Explicou-me quais eram as regras do jogo e mostrou como segurar a raquete e sacar.

— É assim. Aí, você joga a bolinha, que tem que quicar daquele lado de lá. Se passar direto, é ponto para o adversário. Mais ou menos isso.

— Acho que entendi — respondi, embora não tenha entendido muito. Não queria parecer boba.

— Então, bora jogar! — Theo bateu as mãos, animado. — Quem vai primeiro?

— Melhor vocês que já estão experientes — Mari deu a ideia. — Depois eu e a Melissa jogamos, para ela entender melhor.

— Beleza — Theo falou e apontou para Yago. — Vamos eu contra você! Quem ganhar, joga com o Felipe.

— Tá — Yago concordou e eles começaram a partida.

Na primeira rodada, não entendi muito os movimentos. Eles eram rápidos e eu quase não conseguia acompanhar a bolinha. Só entendi que Theo venceu e jogou a segunda rodada contra Felipe.

Foi aí que entendi menos ainda. Eles eram muito ágeis. Mas Felipe acabou vencendo.

Ele ergueu a raquete na minha direção.

— Quer jogar agora, Girassol?

Arregalei os olhos e apontei para mim.

— Eu? Mas nem sei jogar! E você é rápido pra caramba, não vou nem saber acompanhar!

— Prometo pegar leve pra você aprender. — Ele sorriu.

— Tá bem... Posso tentar — concordei, embora estivesse tremendo de nervoso.

Peguei a raquete, mas Mari me disse que estava errado e me corrigiu. Comecei com o saque, porém só acertei o ar. Acabei rindo de mim mesma. Em seguida, tentei de novo.

Depois de umas dez tentativas, consegui fazer alguma coisa, mesmo que ainda meio lerda. Até acertei um ponto. Contudo, obviamente, Felipe me ganhou no final.

O divertido mesmo foi quando Mari jogou depois de mim. Ela parecia dominar o jogo tanto quanto o irmão. Fez ótimas defesas e, para surpresa dele, acabou ganhando.

Ela bateu na minha mão, comemorando. Felipe fez cara de insatisfeito e foi para o canto.

Depois de muitas rodadas, cansamos. Então, Mari se lembrou da cascata e perguntou se eu ainda queria ir até lá. Concordei, empolgada. Felipe se ofereceu para ir junto; Theo e Yago, entretanto, decidiram jogar futebol com outros rapazes.

Caminhamos para o outro lado do sítio, pelo caminho das pedras. Quando passamos em frente ao espaço das palestras, a moça da recepção chamou Mari e ela deixou Felipe e eu ali parados, aguardando.

Nossos olhares se cruzaram, constrangidos, mas nenhum de nós se atreveu a dizer alguma coisa.

Minha amiga voltou depois de alguns minutos.

— Gente, infelizmente não posso ir com vocês. Preciso resolver um negócio.

— Ah... — Curvei os lábios com pesar. Queria tanto ver a cascata...

— Olha, amiga, você pode ir com o Felipe. Ele conhece bem o caminho.

Olhei insegura para ele. Felipe colocou a mão no bolso e deu de ombros.

— Você ainda quer ir? Se não tiver problema, estou disposto a ir com você.

Dei um sorriso constrangido e segurei os braços ao redor do corpo.

— Bem... Na verdade, quero sim.

— Então, vamos!

Mari sorriu.

— Ótimo. Vejo vocês mais tarde!

Ela saiu, e eu segui meu novo guia.

# Capítulo 20

Agora eu entendia por que o sítio se chamava Cascata das Águas. Depois de passar atrás do espaço de palestras pelo caminho de pedras, era necessário descer uma escada e caminhar mais um pouco a noroeste, por um trecho estreito de terra, ladeado por árvores baixas. Apesar do esforço, a caminhada valia totalmente a pena!

A cascata era suave e a queda se dividia em três degraus. Logo abaixo dela, que tinha cerca de três metros de altura, formava-se um pequeno poço. Dali, a água escorria pelo rio, que se estreitava um pouco conforme descia em direção a sudoeste. Paramos em uma plataforma de madeira em formato de meia-lua, próxima à primeira curva do rio. Ficava a cerca de dez metros de distância da queda. Apoiei-me no peitoral para observar melhor a paisagem.

— Nossa, isso é muito bonito!

— É verdade — Felipe disse. — Muito bonito mesmo.

Olhei para ele de soslaio e notei que me encarava sorrindo. Senti um incômodo estranho no peito e me forcei a encarar o rio.

A água era tão cristalina que podíamos ver os pequenos seixos se movimentando no fundo, enquanto os maiores ficavam praticamente inertes com o fluxo d'água. O som tranquilo que as águas faziam quando tocavam os seixos era extasiante. Dava uma sensação de calmaria.

O cheiro úmido percorreu minhas narinas.

Poderia ficar observando aquele lugar o resto do dia!

— Ei, olha ali! — Felipe apontava para um lugar no rio.

Segui a direção do seu indicador e vi um pequeno peixe prateado se movendo próximo à margem, as nadadeiras eram de tom amarelo. Próximo a ele, havia outros parecidos.

— Que gracinhas! Parecem lambaris.

— Acho que são mesmo — Felipe constatou.

Ele os observou por mais uns segundos e depois soltou um riso.

— O que foi? — Encarei-o, curiosa.

Ele abriu seu *megassorriso*, franzindo o canto dos olhos.
— Eles lembram você. — Soltou outra risada.
*Quê?*
— Não entendi o que isso tem a ver comigo.
Ele continuou rindo.
— Não é nada ruim... É porque as barbatanas douradas lembram você.
Quase cuspi uma risada, mas me segurei.
— As barbatanas? Sério? — Ergui as sobrancelhas.
— Não, é que você está com esses cabelos dourados agora.
— Sei... e parecem barbatanas de lambaris? — Cruzei os braços e o encarei com as sobrancelhas franzidas.
— Não, não é isso! É que sei lá... bom, só lembrei... Até admito que mal essas mechas não te fizeram. Na verdade, acho que te deixaram mais bonita. — Deu um sorriso maroto.

Abri a boca, pronta para protestar, mas não consegui dizer nada. Senti as bochechas aquecerem e desviei o olhar para o rio de novo, tentando esconder meu constrangimento.
— O que foi? — Riu. — É verdade.
— Isso era para ser um elogio? — perguntei, com os olhos fixos na água cristalina.
— Não... quero dizer, só foi algo que surgiu na minha mente, não precisava fazer sentido.
Olhei para ele, confusa.
— Mas a parte do "você está mais bonita" é verdade — continuou, agora sem rir.
— Ok. Então... é... — Mordi o lábio e olhei para o rio. — Hum... obrigada.
Ele ficou em silêncio e eu resolvi mudar o assunto:
— Ei, por que você ainda me chama de Girassol? — Virei a cabeça de lado para olhá-lo.
Ele estava observando o céu, apoiado no peitoral de madeira.
— Porque gosto. — Sorriu e depois olhou pra mim. — É divertido ver como você ainda se incomoda com isso.
Revirei os olhos e balancei a cabeça.
— Precisava ser tão implicante?
Felipe deu de ombros.

— Acho chato ser muito certinho. É divertido fazer os outros rirem. — Voltou a olhar para longe. — A vida já é tão pesada às vezes. É bom sorrir de vez em quando.

E então, de repente, ficou sério e pensativo. Parecia ter dito aquilo para si mesmo. Nunca o havia visto assim, tão reflexivo. Parecia diferente do Felipe que conheci há muitos anos...

— Bom — disse, colocando-se ereto novamente. — Melhor voltarmos, já deve estar quase na hora da última sessão.

Já tinha se passado tanto tempo assim? Verifiquei no celular e constatei que ele tinha razão.

— Tá bem — assenti. E voltamos em silêncio.

Mari, Yago e Theo estavam conversando do lado de fora do espaço de palestras. Enquanto caminhávamos até eles, olhei para Felipe e disse:

— Obrigada.

Ele virou o rosto para mim.

— Pelo quê?

— Pelo passeio. Adorei conhecer o lugar.

Ele deu um leve sorriso.

— Não tem de quê. Eu que agradeço a companhia.

Ao nos aproximarmos dos outros, os rapazes saíram e deixaram Mari e eu conversando. Ela quis saber detalhes do passeio, mas falei por cima. Contei sobre os lambaris, mas não sobre a comparação que Felipe fez, é claro.

Dez minutos depois, estávamos no espaço e iniciou-se a última sessão do dia. Assim que a palestra terminou e um dos pastores fez uma oração, Mari e os outros encerraram com um louvor.

Depois que todos saíram, fui ao gramado para esperar por Mari e seus pais, que estavam conversando lá dentro. Felipe, Theo e Yago colocavam os equipamentos de som no jipe verde de Theo.

Inspirei o ar gelado da noite e fitei o céu estrelado. Então, me dei conta de que ainda não havia respondido ao Lucas.

Peguei o celular no bolso e reli a mensagem.

A quem eu estava tentando enganar, senão a mim mesma? Gostava de ter sua atenção e não queria perdê-la.

Mas precisava parar de brincar e tomar uma decisão responsável. Ele merecia isso. Então, digitei uma resposta.

# Capítulo 21

A culpa e a vergonha me atingiram com força. Fui para casa com o coração acelerado e mal consegui prestar atenção no que Mari e seus pais diziam.

Assim que entrei no condomínio, fui correndo para o apartamento e me enfurnei no quarto.

Olhei o aplicativo. Lucas ainda não tinha respondido minha mensagem.

> Ei, ainda está on-line? Queria falar com você.

Senti-me tentada a apagar, mas sabia que não deveria.

No mesmo instante, me lembrei do versículo que Felipe postara. *Cada um é tentado por sua própria cobiça... e a cobiça, depois de ter sido concebida, gera o pecado.*

Ajoelhei-me aos pés da cama e pedi perdão a Deus por ter sido tão egoísta e por não O ter ouvido. Tinha sido errado não dizer a verdade ao Lucas, mesmo sabendo que precisava.

Além disso, eu falei que confiaria na vontade de Deus, que queria tê-Lo como um Amigo, só que não estava fazendo isso.

Ao abrir os olhos, senti-me um pouco mais leve. Troquei-me para deitar e, antes de dormir, verifiquei novamente a conversa com o Lucas. Nada ainda.

A resposta só chegou na manhã seguinte, enquanto eu me preparava para caminhar com Ni:

**Lucas**

> Oi, minha linda. Desculpe, eu apaguei ontem à noite, estava muito cansado da viagem. Mas podemos conversar mais tarde. Estou livre depois do almoço. Quer dar uma volta no parque?

> Ah, eu não vou poder ir.
> Mas conversamos depois, por mensagem. Pode ser?

Ele enviou uma figurinha com um gato fazendo cara triste. Em seguida, respondeu:

> Tudo bem. É só me chamar.

*Droga.* Aquilo partia meu coração.

Desliguei a tela e desci para me encontrar com Ni na área comum do condomínio. Enquanto caminhávamos pelo parque, decidi lhe contar o que havia acontecido. Sabia que ela me repreenderia, mas não era certo esconder aquilo dela.

— Você tá maluca? — Parou de repente.

Respirei fundo para tomar fôlego e me apoiei em uma árvore.

— Olha — falei, lançando-lhe um olhar severo —, eu não preciso das suas críticas agora, viu? Já me sinto péssima.

— O que você vai fazer? — Ela colocou as mãos na cintura, os ombros subindo e descendo por causa da respiração pesada. Em seguida, ajeitou o rabo de cavalo que estava se desfazendo do cabelo.

Engoli em seco.

— O que é certo. Vou falar a verdade.

Ela torceu o lábio.

— Sei... Tô achando que você vai cair de novo na ladainha dele.

— Não vou, tá? — Ergui-me e cruzei os braços. Mas não tinha mesmo certeza se conseguiria deixá-lo ir de novo. Meu peito se apertou e respirei fundo.

— Espero. — Ela franziu a testa e voltamos a caminhar.

Após o almoço, fui para a área de lazer do condomínio e enviei mensagem para Lucas, perguntando se estava disponível. Não demorou muito para me responder:

> Ei, estou aqui. O que queria falar?

Enchi os pulmões de ar e pedi a Deus que me desse forças.

> Na verdade, acho que estou te devendo uma resposta. Você deve estar esperando por isso.

> Que resposta? Sobre voltarmos?

> Sim.

Enquanto eu ainda escrevia a resposta, ele enviou:

> Então, vai aceitar?

Parei de digitar. Meu coração se comprimia. Mordi o lábio e, tomando forças, continuei. Reli e, enfim, apertei o botão "enviar".

Fechei os olhos por um instante. Não queria ver a reação dele. Mas como o telefone não apitou de volta, os abri devagar.

> Eu ainda sinto muito carinho por você, Lucas. Na verdade, foi muito difícil aceitar nosso término. Valorizo o que você ainda sente por mim. Só que, de verdade, eu não posso voltar com você. Não daríamos certo. Por favor, me perdoe por ter feito você pensar que isso era uma possibilidade. Eu não queria dizer assim de cara e te magoar. Só que percebi que também foi errado. Entendo que não podemos ficar juntos. Mas podemos ser amigos, se você ainda quiser isso. Espero que consiga seguir em frente e encontrar alguém especial.
> Me desculpe.

Passaram-se alguns minutos de silêncio, até eu enfim perceber que ele não queria que fôssemos apenas amigos.

Apoiei a cabeça nos braços sobre a mesa e fechei os olhos.

Era difícil soltar o volante.

Orei, agradecendo a Deus, e pedi que me ajudasse a não me precipitar de novo.

# Capítulo 22

O semestre da faculdade começou a todo vapor. Estávamos na segunda semana e meus professores já tinham passado vários trabalhos. O que mais me preocupava, contudo, era a disciplina Bioestatística. Parecia uma loucura aquele monte de cálculos!

Toda sexta-feira meu cérebro chegava a se embaralhar e a cabeça doía no final das aulas.

Naquele dia, assim que terminou, saí da sala e fui direto à secretaria do departamento. Procurava meu professor orientador da pesquisa de iniciação científica. Perguntei à moça da secretaria onde ele estava, mas ela me informou que ele já havia ido embora.

Enquanto me dirigia para a escadaria do prédio, vi Tatiana com dois amigos: uma garota negra e alta, com tranças no cabelo, e um rapaz pardo e baixo. Os três riam de algo. Tati deu uma olhadela para mim, mas virou o rosto depressa e não me cumprimentou. Desde aquela mensagem, ela começou a agir assim todas as vezes que nos encontrávamos ou durante as aulas que tínhamos juntas. Parecia me evitar.

Resolvi ignorá-la também e desci. Assim que cheguei ao ponto de ônibus, meu celular vibrou com o recebimento de uma mensagem:

**Mariana**

Oi, amiga. Vai fazer alguma coisa mais tarde?

Oiii. Não, por quê?

Então topa ir à lanchonete comigo e com os meninos?
Chamei a Ni também, mas ela disse que só vai se você for.

> Topo, sim. Que horas?

> Passamos no seu condomínio às 19h.

    A noite chegou e pelo menos dez peças de roupa diferentes estavam espalhadas pela minha cama. Não conseguia escolher algo. Mudei de blusa umas cinco vezes e testei macacão, calça *clochard* e até uma saia midi. Não gostei de combinação alguma.

    Estava parecendo até a Ni, cruzes!

    Geralmente, vestia uma calça jeans, uma blusa e pronto. Mas não sei por que me deu vontade de me arrumar de um jeito diferente.

    Olhei o relógio. Faltavam apenas dez minutos para Mari e Felipe chegarem e eu ainda nem estava pronta.

    *Droga, preciso escolher alguma coisa logo!*

    Procurei pelo guarda-roupa e, por fim, decidi pelo de sempre: calça jeans preta com cintura alta e uma blusa de linho verde, com mangas compridas. Coloquei os tênis pretos nos pés e fiz um penteado com lenço nos cabelos, como Ni me ensinara.

    Encontrei-a na área comum do condomínio e caminhamos juntas até a portaria. Os irmãos já nos esperavam. Seguimos pela calçada em direção à lanchonete, que não era muito longe. Mariana parecia muito animada com nosso encontro, disse que ultimamente estava se sentindo um pouco sozinha, visto que Felipe arrumara um emprego na academia (ele era formado em Educação Física) e Ni e eu vivíamos atarefadas com a faculdade.

    — Para de ser carente, maninha! Você ainda me vê todos os dias — Felipe implicou.

    — Eu sei, né — ela respondeu. — Mas é que gosto desse contato, de poder passar um tempo com vocês, sair por aí, conversar.

    — Ah, amiga, nós continuamos aqui. E, qualquer coisa, é só me ligar pra tomar um sorvete — comentei.

— Se der mole, ela toma sorvete todo dia, viu? — Ni brincou.
— Me deixa. — Fiz bico, e ela riu.
Mari se pôs ao lado de Ni, enroscando o braço no dela.
— Então, amiga, me conta como está o estágio.
As duas começaram a conversar, deixando-me sem espaço na calçada e obrigando-me a ir para o lado de Felipe, mais à frente.
Quando me notou chegando, sorriu de canto.
— Gostei dos tênis. — Apontou para os meus pés.
Por reflexo, olhei para eles e percebi que eram muito parecidos com os dele. Achei graça.
— Você tem muito bom gosto!
— Em que loja você comprou? — ele brincou.
— Hum... na mesma que você? — Levantei uma sobrancelha.
Ele riu, franzindo os olhos. Dei um sorriso contido e encarei a calçada.
As risadas de Ni e Mari ecoaram logo atrás de nós e me virei para elas. As duas estavam misteriosas... Me excluindo da conversa!
— Do que estão rindo?
Mari se forçou a ficar séria.
— Nada, só bobeira.
Semicerrei os olhos.
— Se é bobeira, por que não posso saber, então?
— Porque não é tão relevante — Ni respondeu. — Mas não precisa ficar com ciúmes, depois te conto. — Piscou para mim.
— Não estou com ciúmes. — Fiz uma careta. — Só estou curiosa. Mas, se não querem me contar, tudo bem.
Virei-me para frente e e segui andando.
— Ei, para de ser boba! — Ni gritou. — Depois eu te falo, ciumentinha do meu coração!
Olhei para ela e revirei os olhos.
— Não precisa mais. E não sou ciumenta! — Torci os lábios. Mas não estava realmente irritada, só estava mexendo com ela.
Ni sorriu.
— Não... Imagina se fosse! — debochou.
Mari riu em concordância. Balancei a cabeça para as duas fingindo irritação e me voltei para Felipe.

— Vamos, Felipe, essas duas estão querendo nos excluir! — falei alto para que elas ouvissem e o puxei pelo pulso para caminharmos mais rápido. Ele riu enquanto me acompanhava.

— Atitude bastante adulta — cochichou no meu ouvido, quando estávamos um pouco mais longe.

Olhei para ele e dei um sorriso brincalhão.

— Só estou mexendo com elas. — Levei o indicador à boca, para pedir segredo, enquanto tentava segurar o riso.

Ele balançou a cabeça e apertou os lábios, também segurando o riso.

Quando chegamos à lanchonete, encontramos Yago e a namorada, Lydia, sentados a uma mesa, à nossa espera. Só tinha ouvido falar dela até aquele momento, era a primeira vez que nos víamos. Ela era muito bonita, tinha os cabelos cacheados, no tom castanho-avermelhado, bem na altura dos ombros. Suas feições eram delicadas e sua pele tinha um tom rosado. Os óculos metálicos, redondos e grandes davam um charme especial ao formato oval de seu rosto.

Eles nos cumprimentaram e Yago nos apresentou a ela, que pareceu ser bastante simpática. Sentamo-nos com eles e esperamos por Theo.

Peguei o cardápio para ler, e Mari cutucou meu braço.

— Ei, você tá realmente brava? — perguntou.

Ri, porque ela acreditou naquilo.

— Claro que não, amiga. Só estava mexendo com vocês.

Ela expirou.

— Ai, que alívio! — Sorriu também.

— E aí, gente! Tô muito atrasado? — Theo falou enquanto se aproximava da nossa mesa. Em seguida, puxou uma cadeira ao lado de Felipe.

— Ah, cara... Estávamos quase fechando a conta! — Yago brincou com ele.

— Deixa de conversa fiada, Yago!

— Acabamos de chegar, Theo — Mari comentou.

— Já pediram alguma coisa? — Ele cruzou os braços em cima da mesa.

— Ainda não. A gente estava esperando por você — Felipe respondeu.

— Já que cheguei, podemos pedir então! — Theo pegou um cardápio em cima da mesa.

Felipe riu.

— Cara, você só pensa em comer! Deve ter um buraco negro no lugar do estômago, só pode!

— Ué, mas não viemos aqui pra comer? Ou você só veio aqui pra apreciar meu belo rosto? — Theo brincou, curvando o canto dos lábios.

Yago cuspiu uma risada.

— Esfomeado e convencido! Que combinação, hein?! — Balançou a cabeça.

Também dei uma risada e, em seguida, os outros fizeram o mesmo.

— Poxa, até você, Melissa?! — Theo fez cara de desapontado para mim.

Dei de ombros.

— Desculpa, foi engraçado.

Theo sorriu e voltou a olhar o cardápio.

Pedimos hambúrgueres e porções de batata frita com calabresa e cheddar. A conversa fluiu por vários assuntos e até Lydia se entrosou um pouco. Ela pareceu legal, apesar de não gostar muito de brincadeiras. O completo oposto de Yago. Ele, Theo e Felipe trocavam alfinetadas o tempo todo e riam bastante. Theo era o mais piradinho entre nós. Fazia piadas de tudo e algumas, confesso, eram muito ruins. Felipe era o mais pacífico. Sorria, sincero, e nunca perdia a diversão, mas, ao mesmo tempo, ficava bastante sério quando o assunto era a Palavra de Deus.

— Mel, e aí, como vai a faculdade? — o dono do belo sorriso me chamou a atenção.

— Ah, estressante, como sempre. — Bebi um gole do meu suco de laranja. — Meus professores já me encheram de trabalhos e Bioestatística está queimando meus neurônios.

Ele riu.

— Por quê?

— Ah, sei lá, deve ser coisa de outro mundo. Eu não entendo uma letra. — Franzi o cenho.

— Ah, fala sério, Girassol! Não é tão difícil assim, vai! — Ele comeu uma batata.

Ergui as sobrancelhas.

— Tá me zoando, né? Essa disciplina não é de Deus, não. Você é que deve ser um nerd e tá aí zombando da minha incapacidade!

Ele gargalhou, recostando-se na cadeira.

— Não sou nerd, só tinha um pouco mais de facilidade, ué. — Pegou uma batata do pote. — É só questão de treino mesmo.

Mari estalou os lábios e entrou no assunto:

— Ah, Felipe! Para de fazer doce. Você tirava só notão na faculdade!

— Não exagera! E não era em todas as disciplinas, não. Esqueceu de Psicologia? — Ele revirou os olhos. — Oh, matéria chata!

— Ah, isso é verdade. — Ela riu, parecendo se lembrar de alguma coisa. — Bom, o senhor perfeitinho tinha que ter um defeito, né? A vida seria muito sem graça se não fosse assim.

Ele torceu os lábios para ela e olhou para mim.

— Olha, Girassol, acho que posso te ajudar com isso. — Ergueu a sobrancelha. — Se você quiser, é claro.

— Sério?! — Sorri. Ele assentiu com a cabeça. — Eu quero, sim. Estava até pensando em trancar, mas teria que fazer uma hora ou outra mesmo... Se continuar nesse ritmo, vou reprovar.

— Quando quiser, a gente marca de estudar juntos.

— Tá bom. Obrigada!

Ele sorriu em resposta.

— Ei, Stephanie! Estava sumida... — Theo comentou com minha amiga, e me virei para prestar atenção no assunto. Ele se apoiou sobre a mesa e sorriu para ela.

— Ah, é... um pouco — ela respondeu, balançando a cabeça. — Tenho ficado ocupada por causa do estágio e da faculdade.

— Sei como é. Mas que bom que teve um tempo para vir hoje. É bom ver você.

— Ah... É. Obrigada. — Ni deu um sorriso polido e tomou o suco.

— Onde você faz estágio mesmo?

— No escritório de advocacia Lopez & Souza. Fica lá no centro.

— Ah, maneiro. É pertinho da loja onde trabalho. Aquela de instrumentos, que fica na rua Alísia, sabe?

— Ah, sei... legal. — Ela concordou com a cabeça, depois comeu umas batatas, desviando o olhar. Parecia ligeiramente constrangida com a atenção repentina.

Ergui as sobrancelhas para Mari, que entendeu e deu um sorriso contido.

Theo não parava de encará-la, mas não disse mais nada. Logo ele, que era o mais extrovertido da turma, agora parecia tão meticuloso. Será que estava interessado na minha amiga? Dei um sorriso de canto e voltei a atenção para o meu lanche.

A noite continuou tranquila. Conversamos e rimos por mais um tempo até nos despedirmos e retornarmos para nossos lares.

Quando entrei no condomínio, segurei Ni pelos ombros e perguntei o que tanto ela e Mari estavam rindo mais cedo.

— Ah! Aquilo... bem, é que...

— O quê? Fala logo!

— É que Mari e eu meio que armamos para você e Felipe andarem juntos, sabe? E estávamos achando vocês fofos. Até combinaram no estilo. — Ela sorriu.

*O quê?! Até a Mariana entrou na onda?*

— Não acredito! — Balancei a cabeça, tentando segurar o riso. — Tô ferrada mesmo. Como se não bastasse uma dando de cupido, agora tenho duas!

— Ah, uma mãozinha não faz mal a ninguém. Eu sei que tem algo rolando entre vocês. Só falta vocês admitirem. — Ela levantou uma sobrancelha.

Bufei, achando aquilo ridículo.

— Não há nada entre nós e nem haverá. Somos apenas *amigos*.

— Eu sei do que eu falo porque eu vi. E a Mari também. Bom, ela é irmã dele, então obviamente percebe melhor as coisas. Aposto que acertei na teoria.

— Fala sério! — Revirei os olhos. — Eu não quero nada com o Felipe, nem ele comigo. Para de viajar!

Ela riu de novo.

— Se é o que você diz...

— Não digo, é um fato.

— Fatos podem mudar...

— Stephanie! — a repreendi. — Para com isso ou eu também vou querer dar uma de cupido para você — ameacei.

Ela ergueu as sobrancelhas e cruzou os braços.

— Não sei com quem!

— Ah, mas eu sei bem! Vai dizer que não percebeu o Theo querendo puxar assunto? Aliás, no sítio ele também quis saber de você.

— Nada a ver! Você tá viajando! Ele nem faz meu tipo.

— Sei... Mas pelo visto você faz o tipo dele — provoquei com um sorriso no canto dos lábios.

— Ok. Chega desse assunto. Tenho que ir embora, porque amanhã acordo cedo. *Boa noite!* — Ela se retirou, e eu fiquei rindo da sua reação.

# Capítulo 23

— É assim que se calcula o quartil — Felipe explicou.

Observei enquanto ele fazia os cálculos na folha de papel. Mari estava certa, ele era um completo nerd! Admirei-me de como conseguia calcular com tanta facilidade.

Minha cabeça estava começando a doer só de ver tantos números, letras e símbolos. Era sábado e estávamos desde uma da tarde tentando resolver a lista de exercícios, que parecia interminável, do meu professor de Bioestatística. Já eram quase cinco horas e ainda não havíamos terminado.

*Ótimo modo de passar o fim de semana...*

— Você está prestando atenção no que estou falando? — Felipe me encarava.

— Tô tentando. Mas minha cabeça tá doendo.

Fiz uma careta e deitei a cabeça no livro sobre a mesa. Estávamos estudando na área de lazer do meu condomínio, em uma das mesinhas de cimento.

— Estou cansada — murmurei. — Podemos terminar depois?

— Eu entendo, *dona preguiçosa* — ele achou graça —, mas ainda falta uma página.

Fechei os olhos.

— Não aguento olhar nem mais um número. Por favor, vamos encerrar por hoje! — choraminguei. — Já fizemos bastante. E isso é para entregar só na quarta. Podemos terminar outro dia, né?

Felipe riu e colou alguma coisa na minha testa. Abri os olhos para conferir.

— Ai! O que é isso? — Removi uma nota adesiva com o escrito:

> Não durma, Girassol!

Balancei o papel no ar, com uma expressão de interrogação. Ele abriu um largo sorriso.

— Você está quase dormindo aí.

Não consegui manter a seriedade, então peguei uma nota adesiva do bloquinho e escrevi uma mensagem nela também, escondendo com os braços para que ele não visse. Em seguida, estendi a mão para colá-la na testa dele.

Ele tentou desviar, mas fui mais ágil.

Assim que descolou o papel da testa, apertou os lábios ao ler a mensagem, segurando o riso. Em seguida, leu em voz alta:

— *Por favor, vamos terminar outro dia* — usou uma voz infantil, zombando. Depois voltou à sua voz normal: — Tudo bem, dona reclamona. Já fizemos bastante por hoje. Podemos terminar depois.

Sorri para ele.

— *Muito obrigada.*

Comecei a guardar minhas coisas, mas, quando terminei, percebi que Felipe continuava me olhando.

— Estava pensando... Depois de tanto trabalho, você não gostaria de sair pra dar uma volta no shopping mais tarde?

Pisquei. Ele estava me chamando para sair?

— Eu e... você?

Ele balançou a cabeça, em afirmativo.

— Acho que seria bom para refrescar um pouco a mente. O que você acha?

— Ah... bem, se é assim... Acho que podemos ir.

— Beleza, então. Te busco às sete e meia. — Sorriu de canto.

Subi as escadas ainda absorta no que havia acontecido. Felipe me convidou mesmo para sair?

*Não, não foi um convite desse tipo, com certeza. Foi mais uma ideia que ele teve após eu revelar meu cansaço com os estudos. Foi isso.*

Ele mesmo disse que era para "refrescar a mente". Se bem que a minha mente não se refrescou nada com isso.

Contei à minha mãe e ao meu pai que sairia mais tarde com Felipe. Eles se espantaram e já começaram a ter ideias erradas. Meu pai perguntou se estávamos namorando e fui rápida em afirmar que éramos apenas amigos e que sairíamos só para nos distrairmos após tanto estudo.

Papai não deixou de ficar desconfiado:

— Olha lá, hein, Melissa! Não está mentindo para mim não, né?

— Claro que não, pai! Somos apenas amigos. E vocês o conhecem desde que éramos crianças, qual é o problema de eu sair com ele agora?

Minha mãe deu um sorriso esperto.

— Cláudio, deixa os jovens. Felipe parece ser bastante ajuizado. Eu aprovo os dois juntos. — Piscou para mim.

*Argh.* Até minha mãe ia começar com essa história?

— Aprova o quê? — Cruzei os braços. — Não temos nada! Como eu disse, somos apenas *amigos*.

— E eu falei que era outra coisa? — Minha mãe me lançou um olhar matreiro. *Que feio, dona Luiza!*

Meu pai me olhou, ainda sério.

— Bem, eu vou dar um voto de confiança. Principalmente porque conheço os pais dele e sei que o criaram bem. Mas não quero que me esconda se estiver namorando alguém — alertou.

Senti uma pontada de inquietação, lembrando-me de que havia mentido para ele antes, quando estava com Lucas. Não queria mais fazer isso, sabia que tinha sido errado. Eles confiavam em mim, mas eu não tinha sido digna disso.

*Me perdoe, Deus!*

— Obrigada por confiar em mim, pai. — Abracei-o.

— Sim. Mas não volte tarde. E tenha juízo!

Assenti, tomei um analgésico para a dor de cabeça que me incomodava e fui para o quarto.

Conforme as horas passavam, comecei a ficar um pouco ansiosa e pensativa. Mas tentei evitar ao máximo os pensamentos sem sentido e, por fim, fui tomar banho.

Retornei para o quarto e espalhei várias peças sobre a cama. Não fazia ideia do que vestir. Precisava da ajuda da Ni, mas não queria falar nada para ela ainda. Certamente entenderia errado, como sempre.

Depois de mudar de roupa pelo menos cinco vezes, escolhi uma calça *clochard* cinza com estampa xadrez e uma blusa de mangas compridas branca. Terminando de dar os retoques finais, fui para a sala para esperar por Felipe.

De repente, o celular notificou uma mensagem. Era ele, avisando que estava me esperando na portaria.

Despedi-me dos meus pais e desci para encontrá-lo. Ele me levou até um carro preto, que se parecia muito com o de seu pai. Fiquei surpresa por não ter ido me buscar de moto.

— Ué, veio de carro hoje?

— Por quê? Prefere ir de moto? — Ergueu o canto dos lábios.

— Deus me livre!

Ele riu e pôs uma mão no bolso da calça jeans.

— Sei que não gosta e também seria um pouco desconfortável, já que iremos até a cidade vizinha. Então peguei o carro do meu pai emprestado.

— Obrigada pela consideração. — Sorri, e ele anuiu com a cabeça. Em seguida, entramos no carro.

# Capítulo 24

Felipe colocou umas músicas para tocar no rádio. Uma em particular me chamou a atenção. Começava com sons suaves de um dedilhado no violão, depois crescia, até que no refrão os sons de guitarra e outros instrumentos surgiam. Percebi que era um estilo de rock cristão. A letra falava muito comigo.

*"Posso descansar em Ti*
*Você me ensinou meu Mestre*
*Que se o fardo estiver pesado*
*Posso colocar sobre Ti*
*E leve estarei"*

Estava aprendendo isto a cada dia: que podia descansar e confiar em Deus e levar uma caminhada mais leve. Depois que decidi de fato confiar em Sua resposta e lancei sobre Ele todo o peso que sentia no coração, por estar tão dependente emocionalmente do Lucas, sentia que podia respirar como não fazia há muito tempo.

— Que música bonita! Qual é o nome? — perguntei.

Felipe me olhou de soslaio, enquanto dirigia.

— "Descanso", da banda Oficina G3.

— Gostei da letra. Vou adicionar à minha playlist depois.

— Também gosto. Ela fala muito comigo. — Voltou a olhar para a rodovia.

*Será que ele também teve um momento em que se sentiu pesado, carregando um fardo que não aguentava?*

Provavelmente. Acredito que todo mundo já passou por momentos assim. É parte de viver neste mundo.

Enquanto outras músicas tocavam, fechei os olhos para apreciar suas melodias e letras. Algumas eram em inglês, mas consegui entender por causa do curso que fiz por sete anos. Felipe tinha um gosto muito bom. Parecia com o estilo de música de que eu gostava, embora fosse um pouco eclética com relação a isso — se gostasse da letra, então ouvia.

— Gostou das músicas? — Felipe perguntou, e abri os olhos para olhá-lo.
— Sim. São muito bonitas. Depois pode me passar o nome de algumas?
Ele me olhou novamente e sorriu.
— Tenho uma ideia melhor: eu monto uma playlist para você e te envio.
Sorri, agradecida.

No shopping, decidimos assistir a um filme no cinema. Entre um drama, uma ação, uma comédia e uma animação, escolhemos o de ação por unanimidade. Felipe me olhou desconfiado quando contei a ele que gostava do gênero. Disse que a maioria das garotas o escolheria como última opção. Perguntei-me se ele havia saído com muitas garotas, mas não verbalizei. Detive-me apenas a explicar que conhecia várias que gostavam de filmes de ação e meu gosto havia surgido porque desde pequena assistia a esse tipo de filme com meu pai. Ele riu e disse que esse era um ponto positivo e raro, porque a mãe e a irmã não gostavam. Se estivessem com ele nessas ocasiões, ou se distraíam ou dormiam.

No final da sessão, Felipe sugeriu que comêssemos um lanche. Então fomos até a praça de alimentação. Pedimos dois combos com hambúrgueres e batata frita e nos sentamos a uma das mesinhas para comer.

Ele se atrapalhou para abrir o sachê de ketchup e dei risada. Então, levantou a cabeça.

— Que foi?

— Grande desse jeito e não consegue abrir um ketchup. — Estalei os lábios.

— Eu *consigo* abrir. Esse é que está com algum problema. O negócio não quer rasgar de jeito algum! — Puxou o sachê com a ponta dos dedos, mas nada.

— Tá faltando força no braço — zombei, e ele levantou uma sobrancelha.

— Força eu tenho o suficiente. Mas isso aqui é questão de *jeito*.

Estendi a mão para pegar o pacote.

— Passa para cá! — Peguei a embalagem da mão dele, que me olhava desconfiado.

Usei a unha para rasgar o pacote e o devolvi para ele.

— Viu? Assim que se faz — provoquei-o.

— Ok, Girassol. Vou deixar você achar que isso foi um feito *importantíssimo*... — Pôs o pacote na bandeja e forçou uma expressão de surpresa. — Uau, parabéns! Você sabe abrir um sachê de ketchup!

Imitei sua expressão e zombei:

— Nossa, parabéns! Você sabe ser bobo!

Ele riu, pegou o pacote de volta e espalhou o ketchup no hambúrguer.

— Você que começou.

Ri com ele e provei meu sanduíche de cheddar. *Maravilhoso!* Dei mais uma mordida e fechei os olhos, saboreando cada pedaço de bacon, cheddar e carne. *Hmmm!*

*Click!* O barulho de um dispositivo eletrônico me despertou e abri os olhos. Felipe estava com o celular na mão, se divertindo muito.

— O que você tá fazendo? Não tirou foto minha, não, né? — Estendi a mão para pegar o aparelho, mas ele o desviou.

— E se tirei? — Arqueou as sobrancelhas.

— Sério, Felipe! Deixa eu ver! — Inclinei-me sobre a mesa para tentar alcançar sua mão, mas ele a elevou. — Devo ter saído horrível, estava de olhos fechados e mastigando!

Ele deu um sorriso travesso.

— Te garanto que fica linda de olhos fechados.

Meu rosto se aqueceu com o comentário. Mas percebi que ele estava tentando me distrair.

Levantei-me da cadeira e alcancei seu celular, tomando-o dele. Na foto, eu estava de olhos fechados, com uma cara de paisagem e totalmente ridícula. Ele só poderia estar brincando se achou isso bonito!

— Fiquei terrível! Olha minha cara! — Virei o celular para ele.

— Pois eu gostei.

— Mas eu vou apagar. — Cliquei no canto da tela para achar o botão de apagar, mas ele roubou o celular da minha mão bem na hora que eu ia clicar na lixeira.

— Não vai, não. A foto é minha agora. — Guardou o celular no bolso.

Cruzei os braços.

— Mas sou *eu* quem está na foto e não te cedi meus direitos de imagem.

— Para de bobeira! Você ficou linda, não tem por que apagar.

— Mentiroso!

Ele me olhou nos olhos e ficou sério.

— Estou sendo *cem por cento* sincero, Girassol. Você ficou linda. Aliás... você *é* linda.

*Ok*. Se eu pudesse ver meu rosto no espelho naquele momento, sem dúvidas o encontraria vermelho como um morango. Minhas bochechas queimavam.

Admito, eu bem que gostava quando ele dizia que eu era linda. Mas, não, não queria começar a confundir as coisas novamente. Estava cansada de me iludir, de gostar do cara errado. Não queria mais me precipitar e acabar me deixando levar por sentimentos de novo. Felipe me via como amiga, tinha sido sempre assim, e assim seria sempre.

Ele sorriu mais uma vez e depois tomou um gole de refrigerante, deixando-me ainda mais confusa. Comi o lanche em silêncio, evitando olhar para seu rosto. Estava envergonhada demais, tensa demais.

Acho que ele percebeu que o clima mudara, pois voltou a conversar sobre músicas, quebrando o silêncio. Disse que montaria a playlist com as músicas de que mais gostava. Também combinamos de terminar a lista de Bioestatística no dia seguinte, à tarde, na casa de vovó Margarida. Eu e meus pais iríamos almoçar com ela e minha tia após o culto, passaríamos a tarde lá.

A noite seguiu-se tranquila e o constrangimento logo desapareceu. No caminho de volta para casa, enquanto uma música suave tocava no rádio, Felipe me olhou de lado e sorriu.

— Gostei de passar o dia com você.

— Mesmo com todas aquelas contas hoje cedo? — brinquei.

Ele riu e assentiu com um leve aceno de cabeça.

— Uhum, mesmo com aquelas contas. — Depois, voltou-se para a rodovia.

— Eu também gostei — confessei. — Obrigada por hoje.

Ele não tirou os olhos da estrada, mas vi que seus lábios se curvaram em um pequeno sorriso.

— Fico feliz por ouvir isso.

Do lado de fora estava escuro. As luzes do carro da frente eram tudo de colorido que podíamos enxergar. Abri um pouco o vidro da janela e senti o vento noturno tocar meus cabelos.

Enquanto a música suave no rádio ecoava pelo carro, observei a estrada, falhando ao tentar conter o sorriso nos lábios.

# Capítulo 25

— É desse rapaz que você gosta? — vovó Margarida perguntou, logo após Felipe ir embora.

Ele havia ido até a casa dela me ajudar a terminar a lista de exercícios. Percebi que vovó nos examinara de longe, do banco de madeira da varanda, enquanto estudávamos em uma mesa dobrável que eu pegara nos fundos. Ela fingira tecer um bordado em uma toalha, mas eu sabia que estava ali para nos vigiar.

— Não, vovó. Felipe é meu amigo — corrigi.

Ela sorriu, balançou a cabeça e foi até o jardim remover as ervas daninhas de suas flores.

Meu pai chegou logo em seguida e pôs as mãos na cintura, com o peito estufado.

— O rapaz já foi? — perguntou.

— Foi.

— Hum. Que pena, eu queria ter conversado mais com ele. — Sentou-se no banco de madeira e esticou os braços sobre o encosto.

Levantei uma sobrancelha.

— Tipo o quê?

— Queria saber mais sobre ele, sobre suas intenções.

Revirei os olhos. Aquela conversa de novo!

— Cláudio! Pare de ser tão ciumento — minha mãe disse ao se aproximar da porta e sentou-se ao lado do meu pai no banco. — Melissa disse que são apenas amigos. Não é, filha? — Piscou para mim.

— É. Isso mesmo! — afirmei e desci os degraus para seguir vovó pelo jardim. Já estava cheia daqueles olhares questionadores.

Para falar a verdade, seu Cláudio até que tratou Felipe bem. Quando este chegou na moto *street* preta e o apresentei à minha família, papai apertou sua mão e perguntou se seus pais estavam bem. Até pediu que mandasse um abraço para eles. Minha mãe só sorriu e foi simpática. Depois dos cumprimentos, entraram e nos deixaram estudar. Mas, às vezes, mamãe aparecia na varanda para perguntar se queríamos suco ou água, ou se estávamos com fome.

A princípio, me senti constrangida com todos eles nos observando e me arrependi um pouco de tê-lo convidado. Mas sabia que ele não teria muito tempo durante a semana, por causa do trabalho na academia. Então me forcei a ignorar os olhares curiosos e foquei nas enormes contas que fazíamos.

Foram duas horas de estudo. Felipe me explicou com muita calma e paciência, repetindo quando eu fazia uma cara de quem o estava ouvindo falar em outra língua. Consegui entender a maioria dos princípios e até resolvi alguns cálculos sozinha. Claro que olhava para Felipe para ver se tudo estava certo. Era ótimo quando ele sorria em aprovação.

Assim que terminamos, Felipe me convidou para ir ao culto que aconteceria naquela noite e eu aceitei.

— Mel, querida, você pode pegar a tesoura para mim lá no quartinho? — vovó pediu, despertando-me do devaneio.

— Pera. — Entrei pela sala e fui até os fundos da casa, onde ficava o quartinho de ferramentas de vovó, que também poderia ser chamado de "quartinho da bagunça". Havia de tudo ali. Desde ferramentas de jardinagem e obra, como carrinho de mão, até caixotes de madeira cheios de revistas antigas, fios, caixas de pregos, pneus velhos e algumas garrafas de vidro.

Me espremi para passar por entre os caixotes e pneus no chão e quase derrubei o carrinho de mão encostado na parede. Por sorte, embora tenha balançado, ele não caiu. Estendi a mão para ajeitá-lo e segui até a parede dos fundos, onde estava a tesoura de jardinagem. Voltei com mais cuidado, para não derrubar nada, e fui até o jardim da frente.

— Aqui, vovó. — Estendi a tesoura para ela.

— Obrigada. — Ela me olhou sobre os óculos e pegou a ferramenta. Em seguida, começou a podar alguns galhos da roseira à sua frente.

Aproximei-me de uma rosa branca para sentir seu perfume e fechei os olhos mediante o aroma suave. Depois, caminhei até o pé de astromélias amarelas, logo à frente, e abaixei-me para tocar seu caule e observar as estruturas de uma das flores.

Quando me virei para vovó, ela estava tentando se abaixar para puxar uma erva-daninha próxima ao caule de uma dália lilás.

— Vovó, precisa de ajuda?

Ela pôs a mão na coluna ao se esticar.

— Você consegue tirar esses matinhos daqui? — Apontou para baixo. — Minha coluna não aguenta se curvar tanto assim. Foi-se o tempo em que eu conseguia me abaixar!

Concordei.

— Até que aquele seu amigo é bem bonito, né? — comentou enquanto eu a ajudava.

Olhei para cima e vi seu sorriso travesso. Balancei a cabeça para ela e não comentei nada.

— E parece ser educado. Gostei do rapaz — continuou.

Sorri secretamente para a dália e murmurei:

— E bastante implicante também. — Puxei mais uma planta pela raiz.

— Então... Vocês se conhecem desde que eram pequenos?

Assenti e me levantei ao terminar a limpeza do solo, esfregando as mãos para remover o excesso de terra.

— Sim. Eu o conheço desde que tinha 6 anos, e ele... uns 8.

— Não me lembrava dele. Já o tinha visto antes?

— Acho que não, vovó.

— Vocês pareciam bem sorridentes estudando — falou na maior casualidade e se aproximou de outra planta para aparar os galhos.

Balancei a cabeça, desacreditada. *Ai, ai, vovó!*

— Para falar a verdade, eu estava bem cansada — falei com a mesma casualidade. — E então... Precisa de mais alguma coisa? — tentei mudar de assunto. Aquilo tudo estava me deixando um pouco incomodada.

— Não, não. — Abanou a mão no ar. — Me viro daqui.

Assenti e subi os degraus da varanda. Meus pais estavam abraçados e conversando no banco, então fugi para a sala. Para bem longe de todas aquelas perguntas sem fundamento.

A noite chegou e eu já estava em casa, agora tentando decidir o que vestir para ir à igreja. Como a primavera estava quase chegando e o ar começara a ficar um pouco mais quente, decidi colocar um vestido preto midi com bolsos e uma camiseta branca por baixo. Calcei as sandálias e fui para a sala. Como meus pais iriam ao culto em nossa igreja, pedi que me deixassem na de Mari antes.

O templo estava um pouco mais cheio dessa vez, havia muitos rostos novos. A princípio, me senti um pouco deslocada, mas, quando encontrei Mari, sentada no segundo banco da fileira da direita, me animei. Ela me recebeu com um sorriso no rosto e um abraço apertado. Sentei-me ao seu lado, esperando pelo início do culto.

O ensaio já havia ocorrido no estúdio acústico da casa de Theo, como Mari explicara. Imaginei quão grande deveria ser a casa dele para abrigar um estúdio desses.

— Nossa! Deve ser legal ensaiar em um lugar assim.

Mari confirmou com a cabeça.

— É ótimo. Meus tios montaram o estúdio porque o Theo fazia muito barulho com a bateria, então o isolamento acústico permitiu que conversassem ou vissem TV enquanto ele treinava.

Dei uma risada.

— Deveria ser uma barulheira e tanto, né?

Mari também riu.

— Aham. E era quase o dia inteiro, então imagina... Mas acabamos nos beneficiando disso também. É ótimo ensaiar lá ou passar o dia só inventando sons e conversando. É meio que nosso *point*.

— Ah, sim. Deve ser legal mesmo.

Mari levantou uma sobrancelha, como se tivesse tido uma ideia. Depois, colocou a mão sobre a minha, sorrindo.

— Você não gostaria de ir lá qualquer dia desses com a gente? Seria ótimo! E eu não seria a única menina no meio deles. — Deu um sorriso brincalhão.

— Acho que posso ir, sim.

Os olhos de Mari se animaram.

— Ok. Depois combinamos certinho.

O culto começou e Mari logo tomou lugar ao microfone para ministrar. Cantei junto, deixando o som fluir por meu interior. Emocionei-me em alguns momentos e pensei em Deus. Quanto tempo fazia que eu não cantava assim para Ele, com tanta verdade! Agradeci o Seu cuidado.

Como da outra vez, o pastor João ministrou a Palavra e depois eles encerraram o culto com uma música animada. Quando as pessoas estavam começando a sair, me juntei a eles; os rapazes guardavam os instrumentos e enrolavam os cabos de som.

— Quem é vivo sempre aparece! — Theo comentou, com um sorriso no rosto, e estendeu a mão para mim. — Bem-vinda novamente, Mel! Quando vai vir para cá de vez?

Apertei sua mão e ergui uma sobrancelha.

— Quem disse que estou vindo para cá?

— Sem pressão, sabe... Mas seria bom ter você aqui com a gente.

— Obrigada. — Sorri. — Mas essa possibilidade não passou pela minha cabeça ainda. Só estou visitando.

— Mas a partir de agora vai passar. Quando você estiver em casa assim, olhando para o nada, vai aparecer a minha imagem dizendo: "Melissa, se junte a nós. Melissa se junte a nós...". — Fez uma voz engraçada.

— Tipo um fantasma? Seria medonho! — brinquei.

Ele abanou a mão no ar.

— Que isso! Vai dizer que um belo loiro de olhos verdes te convidando a se juntar a nós na igreja não seria uma imagem encantadora? Imagine bem a cena... — Parou ao meu lado fingindo apontar para a cena. Depois olhou para mim, sorrindo. — Aposto que viria correndo para cá. — Deu uma piscadela.

Soltei uma risada e balancei a cabeça.

— Vou deixar você acreditar nisso.

Ele sorriu.

— Ei, gente! — Mari disse ao se aproximar. — Vocês não querem sair pra comer alguma coisa?

— Claro! Que tipo de crente a gente seria se não saíssemos para comer depois do culto? Eu topo. — Theo abriu um sorriso e passou a mão na barriga. — Além disso, tô morrendo de fome.

Rimos.

— Esse meu primo só não é gordo de ruim! — ela comentou.

— Olha quem fala... — Theo cruzou os braços.

Mari olhou para mim, ignorando-o.

— E aí, Mel, quer ir com a gente?

— Pode ser. Mas preciso avisar ao meu pai antes, ele viria me buscar.

— Fala para ele que te levaremos em casa.

Peguei o telefone e o avisei. Papai pediu que eu não chegasse muito tarde em casa. Assenti e desliguei. Felipe e Yago se juntaram a nós no minuto seguinte.

— Oi, Girassol. Você veio mesmo! — Felipe sorriu, e eu sorri também.

— É... Eu disse que viria.

— Então, gente, não vou poder ir com vocês — Yago comentou. — Preciso levar a Lydia para casa e ela está um pouco impaciente. Sabem como são as mulheres...

Mari cruzou os braços e levantou uma sobrancelha.

— Oiii? Mulheres por aqui! Não me ofenda na minha frente.

— Ok, desculpem, *senhoras* — Yago disse e riu da alfinetada. Depois olhou para mim. — A propósito, bem-vinda de novo, Melissa.

— Obrigada.

— Então é isso, vejo vocês no próximo ensaio. Boa noite! — Yago apertou nossas mãos, abraçou os amigos e saiu.

— Então você vai com a gente, Girassol? — Felipe perguntou.

— Vou. Até já avisei meu pai para não ficar preocupado.

Ele torceu o canto dos lábios.

— Ele é meio superprotetor, né?

Ri e coloquei as mãos nos bolsos do vestido.

— Um pouco. — Dei de ombros. — Às vezes exagera... Desculpa.

— Pensei que ele ia me matar só pelo olhar. — Felipe fez uma careta engraçada e riu. Curvei o canto dos lábios.

*Eu também pensei.*

— Quando isso? — Mari perguntou.

— Mais cedo — Felipe respondeu —, quando fomos estudar Bioestatística. Ele apertou minha mão com força e me lançou um olhar matador.

Achei graça e Mari levantou as sobrancelhas rindo também.

— Tadinho do meu irmão...

— É, meu primo... — Theo deu batidinhas no peito dele. — Geralmente garotas bonitas têm pais ciumentos. Vai precisar se acostumar com isso.

Felipe deu um peteleco na testa dele.

— E algumas pessoas têm cabeça de vento.

Theo cruzou os braços, fingindo estar ofendido, e Mari e eu demos risada.

# Capítulo 26

Fomos até uma lanchonete próxima à igreja. Felipe e eu decidimos tomar açaí, enquanto Theo e Mari pediram pastéis *super-recheados*. Peguei um copo de meio litro e coloquei tudo o que tinha direito: calda de morango, paçoca, flocos de arroz, confete, amendoim, sorvete e leite em pó.

Felipe reparou no meu copo.

— Você já comeu açaí antes, né?

— Claro. — Arqueei uma sobrancelha. — Gosto de colocar um pouco de cada coisa, o sabor fica ainda melhor.

— Ok, então. — Encarou-me com zombaria e riu.

Sentamos junto a mesas de plástico, na beira da calçada, e nos deliciamos com nossos açaís enquanto os outros dois esperavam pelos pastéis. A noite estava agradável e, embora o céu estivesse um tanto nublado, uma brisa suave passava por nós, trazendo um pouco de refresco.

— Cadê sua amiga, Mel? — Theo perguntou. Ele estava sentado ao meu lado. — Ela parece mais um fantasma. Surge de vez em quando, mas depois some.

— Ela vive ocupada com o estágio. E hoje foi ao culto na nossa igreja.

— Pois não a vi na *nossa* igreja, que estranho... — Pôs a mão no queixo e franziu as sobrancelhas.

Apertei os lábios. Ele queria dizer que a igreja deles era onde eu deveria congregar.

— Você não desiste, né?

— Não. Até que aceite que seu lugar é com a gente.

Balancei a cabeça, prendendo um sorriso.

— Vai, Felipe, fala para ela se aqui não é o lugar dela?! — Apontou para o primo.

— Para de forçar a menina, Theo! — Felipe olhou para mim. — Mas *é claro* que seria muito bem-vinda se quisesse congregar com a gente.

— Obrigada. E... — Olhei para Theo e de volta para Felipe. — Bem, prometo que vou pensar no caso de vocês. Mas por enquanto só vim visitar, ok? — Peguei mais uma colherada do açaí.

Theo espalmou a mão na mesa, dando um sorriso esperto.

— Viu? A semente já foi plantada! Agora é só regar!

— Deixa minha amiga comer em paz, seu chato! — Mari reclamou.

Balancei a cabeça para ele. Theo era mesmo muito doido. Mas me fazia rir.

— Ei, Girassol — Felipe chamou minha atenção. Depois apontou para meu rosto e deu um sorriso torto. — Tá sujo aí.

Peguei um guardanapo da caixinha em cima da mesa e passei no rosto.

— Saiu?

Ele apertou os lábios, em diversão.

— Não, para falar a verdade. Tá nesse canto aqui. — Apontou novamente.

Passei o guardanapo pelo local, mas o bendito saiu limpo. Onde, afinal, estava essa mancha?

Olhei para seus lábios se contraindo de diversão. *Ele tá zoando com a minha cara?* Franzi os lábios. Ele devia estar me fazendo de boba...

— Você tá inventando, não tá?

Ele riu e balançou a cabeça em negativo.

— Não tô inventando. Eu falo sério.

— Onde tá isso então? — Passei o guardanapo pelos cantos da boca, tentando achar a mancha, mas nada.

Felipe tomou o guardanapo da minha mão.

— Deixa que eu tiro. — Inclinou-se um pouco sobre a mesa e passou suavemente o guardanapo perto da curvinha do meu nariz, me fazendo sentir uma leve cócega.

Torci o nariz com o toque e olhei para ele.

— Pronto. — Encarou meus olhos de volta.

Aqueles dois círculos castanhos pareciam mais brilhantes à luz incandescente da fachada da lanchonete. Eram como chamas dançantes me convidando para dançar. E a pinta abaixo de seu olho esquerdo...

— Theodoro? — a moça da lanchonete chamou Theo para buscar os pedidos. Desviei os olhos de Felipe e observei seu primo se levantar. Era a primeira vez que via alguém chamando-o pelo nome verdadeiro.

Theodoro. Um nome bastante diferente.

Ele pegou os pastéis e voltou à nossa mesa.

Olhei de volta para Felipe. Ele se recostou na cadeira e me lançou um sorriso torto, depois tomou um pouco do açaí, sem dizer nada.

— Então, Mel — Theo puxou assunto enquanto passava ketchup no pastel —, Mari disse que você gostaria de ir a um ensaio lá no estúdio...

— É. Ela me convidou para participar qualquer dia e eu achei que poderia ser legal. Se importa se eu for?

— Claro que não! Seria um prazer ter você com a gente. — Deu uma mordida no pastel. Depois de mastigá-lo, sorriu para mim. — Aliás, você não gostaria de ir na próxima sexta? Será à noite, porque iremos trabalhar.

— Isso! — Mari disse. — Seria legal se você pudesse ir. Posso te buscar em casa e vamos juntas. O Theo mora perto.

— Acho que dá para ir, sim.

Mari sorriu e começou a comer seu pastel também.

— E, se quiser, pode convidar a sua amiga também — Theo comentou.

Encarei-o, sorrindo de canto.

— Você tá bem interessado nela, né? — Mari fez a pergunta que estava em minha mente.

Theo recostou-se na cadeira com um sorriso bobo e deixou a pergunta no ar.

# Capítulo 27

A mãe de Theo nos recebeu assim que Mari e eu chegamos, na sexta-feira, e se apresentou como Renata. Era uma mulher muito bonita e alta, com cerca de 40 anos e cabelos negros lisos. Notei que se parecia muito com o pastor João e imaginei que fosse sua irmã. Decerto tinha os mesmos genes de envelhecimento tardio que ele. Nem parecia ter dois filhos — um deles já adulto. Theo me contara que tinha uma irmã de 1 aninho.

Ela nos conduziu pelo gramado da lateral direita da casa até os fundos. Havia uma área *gourmet* no canto esquerdo do quintal e uma grande piscina no meio. Subimos as escadas da lateral esquerda da área, que nos levaram até uma sala — o estúdio.

Renata abriu a porta para que entrássemos. Theo e Felipe estavam sentados ao fundo, próximos à bateria, escrevendo em alguns papéis. A mulher nos deixou ali e desceu as escadas.

O estúdio não era muito grande. Além da bateria, havia um teclado próximo à parede direita, uma pequena mesa de som do lado esquerdo, alguns bancos altos de madeira, dois microfones em pedestais, ao centro, e duas pequenas caixas de som ao lado da guitarra, apoiada próxima ao teclado. Na parede onde ficava a porta, havia um ar-condicionado e uma mesa pequena, com três cadeiras.

Mari avisou que estávamos ali, e os rapazes, anteriormente entretidos no que estavam escrevendo, ergueram os olhos em nossa direção. Eles sorriram e se levantaram para nos cumprimentar.

— Chegou a "membra" da nossa igreja! — Theo brincou e me cumprimentou. — Seja bem-vinda ao meu espaço!

Apertei os lábios, para conter o riso.

— Que *membra* de sua igreja? — Fingi não entender. — Mariana?

— Não. Você, ué! Eu disse que já te considero parte de lá. Só falta você aceitar.

Balancei a cabeça.

— Eita, garoto insistente!

— E aí, Girassol! — Felipe me cumprimentou com um beijo na bochecha e depois sorriu. — Bem-vinda.

— Obrigada. — Afastei o cabelo do rosto e olhei de volta para Theo, com a pele queimando, ainda sentindo os lábios de Felipe ali.

— Cadê o Yago? Ele vem? — Mari perguntou.

— Ah, cara, ele mandou mensagem dizendo que ia se atrasar um pouco. De novo! — Theo falou, desgostoso.

Mari balançou a cabeça levemente.

— Vocês querem começar a ensaiar alguma coisa ou vão esperar por ele? — ela perguntou.

— Podemos passar a sua música e depois ensaiamos o restante com ele — Felipe sugeriu.

— Tá bem.

— Mas vamos orar primeiro — ele completou. — Quando o Yago chegar, fazemos a reflexão.

Reflexão? Orar? Será que eles faziam uma espécie de culto também nos ensaios?

— Beleza, então vamos. — Mari esticou a mão direita para o irmão e a esquerda para mim. Segurei a mão dela e depois a de Theo, formando um círculo. Então, ela começou a pedir a Deus que tomasse a direção daquele ensaio e manifestasse a Sua presença em nosso meio e através de nós. Que tudo fosse de acordo com a Sua vontade.

Theo foi para a bateria, Mari pegou um dos microfones e Felipe sentou-se ao teclado. Puxei uma cadeira da mesa e me sentei para observá-los. Mari começou a cantar, a voz suave e afinada soando pelo local.

Felipe tocava o teclado com tanta habilidade quanto a guitarra. Seus dedos longos apertavam as teclas de forma suave e pareciam estar acostumados a elas.

Theo apenas usava a bateria para marcar o tempo. Depois, no refrão, começou a tocar levemente e foi intensificando à medida que a música crescia.

Fechei os olhos para apreciá-la e cantá-la com eles. Era a música "No silêncio", do Ministério Zoe.

*"Acalma a tempestade no meu interior*
*Minh'alma agitada que quer sempre atenção*
*E as ondas de dúvidas que vêm como um turbilhão*

*Na quebra das ondas de encontro aos rochedos do meu coração*
*Na rebentação querem me assustar*
*No silêncio venha comigo falar"*

Eles a repetiram algumas vezes, pausando para fazer alguns ajustes quando achavam necessário.

Minutos depois, enquanto Mari fazia uma pausa para tomar água, Yago chegou. Estava com o baixo nas costas e se desculpou pelo atraso, logo se juntando a eles para ligar o instrumento. Os amigos fizeram uma piada sobre ele estar sempre atrasado, que de certa forma pareceu uma alfinetada. Felipe passou para a guitarra e eles ensaiaram outras músicas. Umas mais animadas, outras mais calmas. Algumas eu já conhecia da playlist que Felipe havia me enviado — eu a escutava quase todos os dias.

Algumas vezes, Felipe fez pausas no meio das músicas e reclamou que algo não estava encaixando, então repassaram a parte em que havia erros. Depois de algumas horas de ensaio, eles deixaram os instrumentos para se reunirem novamente.

Yago e Mari puxaram as cadeiras da mesa; Felipe e Theo se sentaram nos bancos altos de madeira, de frente para nós.

— Então, pessoal... — Felipe começou, apoiando uma perna sobre a madeira entre os pés do banco. — Eu queria conversar com vocês.

Naquele momento, Renata apareceu segurando um refratário com empadão e uma garrafa de suco. Mari a ajudou a apoiá-los sobre a mesa e sorriu.

— Obrigada, tia. Não precisava se preocupar.

— Ah, que nada! Imaginei que ficariam com fome após ensaiarem tanto. — Ela sorriu e apoiou uma mão nas costas. — Espero que gostem.

— Valeu, mãe — Theo disse. E ela saiu.

— Então, gente — Felipe atraiu nossa atenção novamente —, antes de comermos, preciso conversar com vocês rapidinho.

Theo assentiu. Não parecia aquele esfomeado de antes. Estava sério como o primo.

— Eu queria conversar sobre um versículo que li esses dias que me chamou a atenção — Felipe continuou. Pegou o celular no bolso e leu: — Está em Colossenses 3, versículo 23, e diz: "Tudo quanto fizerdes, fazei-o de todo o coração, como para o Senhor e não para homens". — Guardou o celular no bolso e fitou os integrantes da banda. — Eu tenho refletido muito sobre isso. Vocês já perceberam que as coisas fluem muito mais quando fazemos com amor, para Deus? Eu entendo que há coisas da vida que às vezes ocupam nosso tempo, mas, por favor, vamos focar mais no objetivo disso tudo aqui, que é oferecer um louvor agradável ao Senhor. É para Ele que fazemos isso. Tenho percebido que às vezes o ensaio não flui muito bem, principalmente quando não focamos em praticar em casa. Por favor, não venham para cá sem pelo menos saberem as notas ou o que devem fazer. Vamos fazer isso de coração. Outra coisa: procurem manter uma vida espiritual saudável, um relacionamento com Deus. Porque, se não estivermos bem com Ele, as coisas não fluem direito. Se estiverem passando por algum problema, tentem compartilhar com os outros, para que possamos orar juntos, caminhar juntos, um apoiando o outro, como a Bíblia nos instrui. Ninguém consegue fazer nada sozinho. Precisamos uns dos outros, como membros de um só corpo, como irmãos em Cristo. Certo?

Eles balançaram a cabeça em afirmativo. Yago, porém, abaixou a cabeça e apertou as mãos. Depois, levantou os olhos para Felipe.

— Cara... Eu quero pedir desculpas. Sei que não estou sendo um exemplo. E sei que atrapalhei o ensaio de hoje em alguns pontos. Me perdoe, de verdade. Eu não estava totalmente focado...

Felipe ofereceu-lhe um olhar compreensivo.

— Está acontecendo alguma coisa, irmão?

Yago abaixou a cabeça e respirou fundo.

— É que eu e a Lydia não estávamos muito bem há um tempo. Vivíamos brigando e isso estava me afetando bastante. Eu não tenho conseguido ler a Bíblia ou orar direito há semanas. — Yago levantou o olhar para Felipe. — Ela brigava por tudo e eu ficava tentando entendê-la, acalmá-la... Mas ontem foi meu limite. Eu não aguentava mais os ataques de ciúmes dela e nós terminamos. — Ele curvou os lábios com pesar. — Eu nem consegui pegar as músicas para ensaiar em casa. Não consegui pensar em mais nada. Eu sei que isso não é desculpa, mas...

Felipe se levantou, aproximando-se do amigo, e deu-lhe um tapinha no ombro.

— Ah, cara... Eu sinto muito por isso. Sei que você gostava muito dela.

— Eu ainda gosto, *demais* — Yago afirmou, olhando para ele.

— Vou orar por você. Mas não deixe isso afetar seu relacionamento com Deus. Saiba que Ele é quem cuida de nós, dos nossos relacionamentos, das nossas emoções. Confie sua vida na mão d'Ele, porque das demais coisas Ele cuidará.

Yago balançou a cabeça, assentindo, e Felipe o abraçou. Theo se aproximou e também o abraçou.

Não sabia que ele e Lydia passavam por um relacionamento tão conturbado assim. Ela não demonstrava ser tão ciumenta, embora naquele dia da lanchonete eu tenha percebido que ela reprovava algumas coisas que ele fazia, como rir e fazer piadas com os amigos.

— Sabe o que é pior? — Yago passou a mão na nuca. — Eu não sei como vou encará-la na igreja domingo. Vai ser doloroso vê-la de longe, me ignorando, como sei que fará.

Eu imaginava como era a sensação. Compreendia a dor de ver alguém que amamos nos olhar com desprezo ou nos ignorar. Foi assim que Lucas me olhou quando brigamos no dia do festival. E depois fomos nos afastando aos poucos e... Quando terminei com ele, me ignorou por semanas e semanas. Doeu por um bom tempo, até que Deus curasse meu coração. Era bom não sentir mais aquela dor sufocante.

Olhei para Yago e lhe ofereci um sorriso compreensivo.

— Espero que fique tudo bem.

— Valeu, Melissa. — Forçou-se a sorrir.

Felipe pediu que levantássemos e orou pelo amigo, para que Deus o direcionasse e curasse suas emoções. Em seguida, agradeceu pelo ensaio e pelo alimento e nos reunimos ao redor da mesa para comer.

O empadão estava di-vi-no! A mãe de Theo colocara requeijão com o frango, o que o fez ficar bem cremoso.

Ao terminar de lanchar, sentei-me no banco de madeira alto próximo ao teclado. Observei-o, lembrando-me do dia em que Felipe e eu estávamos no parque e perguntei se ele havia deixado o teclado de lado. Ele dissera que não tocava tanto ultimamente, mas no ensaio — e também no culto — percebi que tocava tão bem quanto guitarra.

Sempre gostei do som do teclado, sobretudo em músicas leves e mais calmas. As notas me faziam viajar, pensar em Deus, sentir Sua paz fluindo dentro de mim...

Apoiei um dedo sobre uma tecla branca e percorri as outras levemente, sem produzir som.

— Quando quer ter aulas? — Felipe perguntou, e ergui o olhar para ele, que me observava de volta, com as mãos nos bolsos da calça preta.

— Você diz sobre tocar?

Ele balançou a cabeça em afirmativo.

— Claro. Se tiver interesse, posso te ensinar.

— Não sei se tenho dom para isso...

Ele sorriu e sentou-se ao teclado, ao meu lado.

— Vi seus olhinhos curiosos para ele. — Fitou-me.

Apoiei as mãos sobre o colo. Ele estava me observando?

— Para ser sincera, eu gosto do som — confessei e olhei para as teclas do instrumento. — Em especial nas músicas mais calmas.

Ele assentiu.

— Eu também. O teclado faz uma diferença imensa nas músicas. Pena que não temos um tecladista fixo pra todas. Então me revezo entre a guitarra e o teclado.

Sorri de canto.

— E toca os dois com habilidade.

— É só questão de treino. E acho que você deveria tentar também.

Balancei a cabeça em afirmativo. Seria ótimo se conseguisse aprender a tocar alguma música. Produzir aqueles sons incríveis...

— Eu quero — confessei.

Ele abriu seu belo sorriso. Meu coração palpitou, mas o repreendi instantaneamente e fitei as teclas do instrumento. Passei o indicador sobre uma delas, imaginando-me tocando alguma música.

— Quando quer começar? — perguntou, e me forcei a olhá-lo de novo.

— Não sei. Vou pensar e te aviso.

Ele assentiu e começou a tocar uma música suave e lenta no instrumento. Fechei os olhos, apreciando o som.

# Capítulo 28

Setembro estava chegando ao final e minha mãe parecia cada vez mais ansiosa sobre a gravidez de Helena. Minha irmã havia descoberto que o bebê era um menino. Fiquei um pouco decepcionada, porque queria que fosse uma menina. Porém, a decepção foi momentânea, já que a alegria de ser tia tornava tudo especial.

Minha mãe e eu fomos ao centro comercial da cidade para comprar roupinhas e presentes para o pequeno que viria em alguns meses. Minha irmã estava na metade da gestação. Estava sentindo muita falta dela e com ansiedade para abraçá-la.

Na volta para casa, resolvemos passar na Flocos de Neve. O dia estava abafado e úmido, sinais de uma estação que estava apenas começando. E, como consequência, havia um intenso movimento na sorveteria. Agradeci mentalmente pelo ar-condicionado, ficando diante dele por alguns segundos para secar o suor. Depois segui para o freezer para escolher picolés. Minha mãe sentou-se a uma mesa no canto da sorveteria, cansada da caminhada e cheia de sacolas nas mãos.

Procurei pelos sabores e, quando levantei a cabeça, notei uma jovem de cabelos negros e lisos sentada a uma das mesas de metal, do outro lado. Ela se virou para trás e tive a confirmação: era Tatiana.

Ela me reconheceu e deu um sorriso torto. Depois levantou-se para falar comigo.

— Ah... Oi, Melissa. — Aproximou-se. — Quanto tempo...

Colocou as mãos nos bolsos de trás do short jeans. Parecia um pouco desconfortável, contida. Nada parecida com a Tati que eu conhecia.

— Oi. — Fui simpática.

Não tinha muito assunto com ela nos últimos tempos, já que me evitava na faculdade.

— Melissa, eu tenho pensado algumas coisas ultimamente... — Ela encolheu os ombros. — Acho que deveria ter sido sincera com você daquela vez.

Só notei que ainda segurava alguns picolés quando minhas mãos queimaram com o gelo deles. Apoiei-os no vidro do freezer e forcei-me a olhar para ela.

Sobre o quê deveria ter sido sincera?

— Queria conversar com você — continuou. — Será que teria uns minutinhos?

— Eu... É... — Olhei para minha mãe e de volta para Tati. — Bem, é que eu estou com a minha mãe...

— Ah, entendo. Então poderíamos conversar outra hora?

Seus ombros estavam caídos e ela mal me encarava. O que estava acontecendo? Por que estava tão desconfortável?

Se tinha algo a ver com aquela mensagem, eu queria saber, mesmo que já tivesse se passado tanto tempo.

— Bem... — Peguei os picolés de volta. — Acho que posso te encontrar no parque daqui a alguns minutos. É só o tempo de ajudar minha mãe a levar as sacolas para casa e voltar. O parque fica em frente ao meu prédio, então...

Tati concordou com um aceno de cabeça.

— Tudo bem. Te espero lá.

Depois de retornar para o apartamento com minha mãe, avisei a ela que encontraria uma amiga no parque e logo estaria de volta.

Desci as escadas depressa, com a cabeça a mil.

Encontrei-me com Tati na calçada, em frente ao parque. Fomos até um dos bancos de madeira e nos sentamos.

— Sabe — ela começou —, primeiro eu queria pedir desculpas por não ter sido sincera naquele dia. Acho que não agi certo com você.

Franzi a testa.

— Que dia? Quando me perguntou sobre o Lucas?

— Uhum... — Olhou para os bancos, do outro lado do caminho. — Eu sabia uma coisa e deveria ter te contado na época.

*Então eu estava certa! Havia mesmo algo errado.*

Mas a Tati estava começando a me deixar irritada por não ir direto ao ponto. Só ficava olhando para o nada, como se esperasse que eu tomasse alguma iniciativa.

— O quê, Tatiana? Fala logo!

Ela me olhou e ofereceu um sorriso como desculpa.

— Eu sei que você e o Lucas não estão mais juntos agora. Mas na época estavam e eu decidi não me meter no assunto. — Fez uma breve pausa. — Me senti culpada por um tempo e não conseguia olhar nos seus olhos, fingindo que nada tinha acontecido.

Encarei o céu e pedi a Deus que me desse paciência para lidar com aquela enrolação, porque eu não estava conseguindo. Era provável que aquele assunto nem tivesse mais nada a ver comigo. Nem me interessava mais por Lucas ou qualquer coisa que tivesse a ver com ele. O que aprendi a acreditar é que nada do passado vale a pena ser remoído.

— Quando você e o Lucas estavam namorando e ele voltou para o Rio… a Clarissa, ex dele, foi para lá.

Voltei minha atenção para ela. Aquele nome… Era a loira da fatídica foto.

— Ela nunca o esqueceu e fazia de tudo para que voltassem. — Tati se remexeu no banco, parecendo incomodada. — Eu sabia, porque ela me contava algumas coisas.

*Essa eu não sabia!*

— Vocês eram amigas?

— Mais ou menos. — Tati me olhou de novo. — Eu a conheço há bastante tempo. Então às vezes saíamos juntas e ela soltava algumas histórias. Ela nunca escondeu o quanto queria o Lucas de volta. Meio que o perseguia quando ele estava aqui e… — Voltou a olhar para longe e apoiou as mãos no assento do banco. — Bom, quando ela soube que vocês tinham brigado no festival e ele tinha voltado para o Rio, fez de tudo para ir atrás dele.

— Nós brigamos, sim, só que… — Flashes da cena dele me deixando lá naquela rua, sozinha, no escuro passaram pela minha mente. Senti um embrulho no estômago.

— Só que…?

Empertigei-me no banco e me forcei a não pensar naquilo.

— Bem… Nós acabamos voltando uns dias depois.

Tati balançou a cabeça, em concordância.

— Ah, eu percebi no dia em que perguntei se estavam juntos e você disse que sim.

Dei um sorriso torto para ela. *É, eu disse. Embora não estivéssemos tão bem…*

— Então... sobre a Clarissa — Tati continuou —, ela foi para o Rio, e teve uma festa por lá. Aí, ela foi com ele. Daí, bebidas, o clima de festa... Bem, ela me contou que eles acabaram indo para o apartamento dele e... dormiram juntos.

O quê?

*Espera. Então não tinha sido só uma foto, eles dormiram juntos enquanto ainda namorávamos!*

*Que canalha, sem vergonha!*

Cerrei os dentes para não o xingar em voz alta.

Tati apoiou a mão sobre a minha, forçando-me a olhar para ela.

— Olha, Melissa, me desculpe por não ter contado antes. Eu sentia que deveria contar, porque vocês estavam juntos na época e não era justo com você. Mas, ao mesmo tempo, eu não podia fazer isso, porque a Clarissa tinha confiado esse segredo a mim. Além disso, eu não queria sair de fofoqueira na história. Eu sabia que sobraria para mim se te contasse.

Ela soltou um suspiro e encolheu os ombros mais uma vez.

Sim, ela deveria ter me contado! Era *eu* quem estava sendo enganada. Mas, por outro lado, entendi sua posição. Não éramos amigas e ela não poderia contar um segredo que nem era dela. Se eu estivesse em seu lugar, não saberia o que fazer.

Estendi minha mão livre e a apoiei sobre a dela.

— Não se preocupe, Tati. Lucas e eu não temos mais nada. E você, contando ou não, não mudaria o fato de que nós dois estávamos fadados ao fracasso, para ser sincera.

— Eu só me sinto culpada por ter falado isso muito tempo depois... Me desculpe.

Balancei a cabeça.

— Não, olha, não tem problema. Não se sinta culpada por algo que não foi você quem fez. O errado foi o Lucas. Ele deveria ter me contado a verdade. Mas preferiu esconder, fingir que tudo estava bem... Ele me enganou.

Ela deu um sorriso triste.

— Sinto muito, Melissa.

Balancei a cabeça novamente.

— Não sinta. Quer saber? Eu estou melhor assim. Só espero que ele não parta mais qualquer coração por aí. Espero que tome juízo...

Era o que ele precisava fazer: aprender a ser um homem de verdade!

Fitei o céu, dessa vez percebendo o cuidado de Deus. Agradeci por ter me livrado daquelas mentiras que me envolviam como correntes. Quem sabe onde ou como estaria agora se não fosse a mão onipotente d'Ele me guiando e me protegendo, livrando-me do engano...

Em pensar que Lucas ainda havia pedido meu perdão, dizendo que me amava... *Que cínico!*

Afirmei para Tati que ela deveria esquecer aquilo e agradeci pela sinceridade, mesmo que um pouco tardia. Abracei-a e ela voltou para a sorveteria. Levantei-me ainda atordoada com aquela revelação e fui para casa.

É difícil perceber que tudo no que você acreditava era mentira.

O Lucas que tinha na mente não passava de ilusão e suas palavras eram pura falácia.

Cheguei a acreditar que realmente me amava, que me considerava importante. Mesmo após terminarmos, desejava que ele me superasse e seguisse seu caminho.

Soltei uma risada desgostosa. *Que tola! Eu não passava de uma peça no seu joguinho de conquista. Ele nunca me amou de verdade!*

Quantas vezes eu o perdoei, acreditei em suas desculpas... Sacrifiquei-me. Sacrifiquei minha paz para que ficássemos juntos... E ele mentia e me traía.

Descobrir a verdade às vezes dói.

— Mel? Está tudo bem? — minha mãe perguntou assim que cheguei em casa. Ela devia ter percebido meu olhar de decepção.

Sentei-me ao seu lado, deitei a cabeça no seu ombro e suspirei.

— Por que as pessoas estão sempre tão cheias de mentiras? — indaguei, olhando para a televisão. Meus olhos se encheram de lágrimas. — Por que elas mentem e enganam tanto, mesmo sabendo que isso pode magoar os outros?

Minha mãe segurou meu rosto, obrigando-me a olhar para ela. Seus olhos refletiam preocupação.

— O que aconteceu, Melissa? Que conversa é essa?

Meu coração se apertou ao pensar em quantas coisas escondi. Mas a conversa com Tati me fez perceber uma coisa: segredos e mentiras podem sufocar por muito tempo e trazem culpa, uma culpa que não se apaga sozinha. É necessário falar a verdade, revelar os segredos, enfrentar a vergonha para nos libertarmos do peso provocado por eles.

Decidi que já estava na hora de remover essa barreira que me impedia de ter um relacionamento mais profundo com ela:

— Mãe, preciso te contar uma coisa...

Ela assentiu e me ouviu silenciosamente, enquanto eu lhe revelava toda a verdade sobre meu relacionamento com Lucas, sobre ter descoberto que Deus não queria aquilo para mim e sobre as mentiras que acabara de descobrir.

Quando terminei, ela segurou minha mão e curvou os lábios com pesar.

— Por que não me contou antes, filha? Por que guardou isso por tanto tempo? Eu poderia ter te aconselhado, te ajudado a passar por todas essas coisas. Por que não confiou em mim?

Desviei o olhar, envergonhada.

— Me perdoe. Eu tinha medo de que me repreendesse ou que as coisas piorassem. Eu não estava pensando direito... Me arrependo de não ter confiado em você.

Ela apertou minha mão.

— Tudo bem. Só espero que a partir de agora me veja como sua amiga. Eu quero seu bem. Jamais diria alguma coisa se não fosse por amor a você.

Assenti com a cabeça.

— Eu sei, mãe. Eu sei.

Ela ergueu a mão livre e levantou meu queixo.

— Mas é um alívio que tudo ficou bem. Que você confiou em Deus e Ele a protegeu de se machucar ainda mais.

— Sim. — Dei um breve sorriso. — Deus foi muito bom comigo.

— Mas você ainda gosta desse rapaz?

— Não. Para falar a verdade, não sinto mais nada por ele. É só que... descobrir que os sentimentos que ele dizia ter por mim eram mentira me entristeceu de alguma forma. Pensei que pelo menos isso era real. Talvez tenha mentido para mim o tempo todo enquanto estávamos juntos, e isso me deixa frustrada, decepcionada... — Meu olhos se encheram de lágrimas de novo.

— Eu entendo, filha — disse, paciente. — As pessoas às vezes nos decepcionam, nos ferem, nos magoam. Principalmente aquelas que tanto consideramos. Mas sabe de uma coisa? Você fez o correto em ter confiado em Deus, porque Ele jamais vai te decepcionar. Ele te ama e sempre, *sempre* terá o melhor para você. Além disso, não deixe que isso te entristeça, te desanime. Não deixe que isso te impeça de se relacionar outra vez. Deus tem algo melhor para você. Apenas confie que Ele cuidará de tudo.

Sorri para ela.

— Amém. E obrigada por me perdoar.

Ela sorriu também e me apertou em um abraço.

— Eu te amo, filha. Vou estar sempre aqui para você.

— Também te amo.

Fechei os olhos, sentindo o carinho fluir por aquele abraço. Eu sentia falta disso. Não queria nunca mais deixar que segredos nos afastassem de novo.

# Capítulo 29

Outubro havia chegado e a primavera estava alcançando seu auge. As flores da estação começavam a desabrochar e a amoreira no fundo do quintal de vovó Margarida já estava repleta de frutos. Eu ia à sua casa com mais frequência. Passava as tardes de domingo lá e também aproveitava para ir aos cultos na igreja de Mari.

Agora, eu a frequentava mais do que a igreja dos meus pais. Então, comecei a pedir orientação a Deus para saber se eu deveria ir de vez para lá. Gostava de estar com meus amigos e aquele lugar estava se tornando especial para mim. Não queria admitir para Theo, mas a ideia de congregar com eles se tornou recorrente.

Também estávamos passando mais tempo juntos. Participava de quase todos os ensaios ou saídas em grupo. Nossa amizade crescia. Gostava de dar risadas com eles ou apenas ficar escutando as músicas, cantando, adorando o Criador.

Além disso, havia escrito mais cartas ao meu futuro marido. Sentia que enfim estava conseguindo superar o passado e abrir meu coração para o que Deus reservava para mim. Queria verdadeiramente viver um amor pacífico, doce e profundo, como o descrito pela música *Quando é amor,* da Marcela Taís.

Mas outubro também havia trazido mais responsabilidades na faculdade. As primeiras provas seriam realizadas a partir do final do mês e as últimas do semestre, no final de novembro.

Ainda continuava tendo dificuldades com Bioestatística. Estava concluindo que ou eu não tinha o menor talento para cálculos ou realmente era meu professor quem falava grego.

Talvez um pouco das duas coisas.

Precisava da ajuda de Felipe novamente. Quando ele me ajudou com a lista de exercícios, eu tinha até entendido um pouco do assunto. Todavia, a cada vez que meu professor aparecia com um conteúdo novo, meu cérebro *fritava* e as dúvidas começavam a crescer de novo.

Era terça-feira, mas, por ser feriado, eu estava em casa. Provavelmente Felipe estaria livre. Então peguei o celular na escrivaninha do quarto e lhe mandei uma mensagem.

> Ei. Que tal voltarmos a estudar Bioestatística?
> Preciso do meu professor particular outra vez :)

Ele respondeu quase imediatamente. Devia estar com o celular na mão.

**Felipe**

> Ei. Que tal eu começar a cobrar pelas aulas particulares?
> A senhorita está me alugando muito :P

Dei risada ao ler a mensagem. Ok, isso não era exatamente mentira. Além de me ajudar com Bioestatística, ele também me ensinava a tocar teclado. Quando tinha algum ensaio programado, chegávamos mais cedo ao estúdio e ele me passava alguns exercícios, enquanto Theo e Mari passavam voz ou só conversavam.

> Tudo bem. Mas seja bonzinho com sua amiga e me cobre um precinho legal

> "Precinho" legal? O que é isso?

> Um preço que não doa no bolso :D

Ele mandou vários emojis rindo.

> Ai, Girassol. Você tem cada uma... Mas vou pensar no seu precinho legal.

## Esperarei por Você

> Então fala, quanto você quer para me ajudar em Bioestatística? Estou desesperada! E as provas estão chegando.
> Por favor, pense com carinho ;)

> Que tal começar com um sorvete? Será que esse pagamento doeria demais?

> Nada, esse é fácil!

> E que tal hoje? O dia está quente, estava mesmo querendo um.

> Então sugeriu isso com segundas intenções, né? haha!

> Meio que isso, haha.
> Podemos ir daqui a uns 30 minutos? Está ocupada?

> Estou livre. Te encontro no parque ;)

> Ok. Até daqui a pouco, Girassol.

Assim que nos encontramos, ele abriu um sorriso e colocou as mãos nos bolsos da bermuda, como de costume. Depois, caminhamos até a sorveteria lado a lado. O dia estava bem abafado e o Sol queimava meus braços descobertos. Eu sabia que mais tarde estaria com a pele vermelha e a marca das alças da blusa, mas até gostava daquilo tudo: de como a maioria das plantas parecia mais viva, do cheiro úmido do ar e da chuva no fim da tarde. Além disso, era uma ótima oportunidade para tomar um sorvete.

Felipe parou de andar de repente e me olhou.

— Por que você tanto sorri, Girassol?

— Eu?

— Sim, você. Está com um sorriso bobo no rosto há alguns minutos.

— Nem notei.

Ele levantou uma sobrancelha.

— Está tão feliz assim de tomar um sorvete comigo?

Franzi as sobrancelhas.

— Você é tão convencido, Felipe!

— Não sou convencido. Só pensei que minha companhia fosse agradável a ponto de te fazer sorrir... Não é, não?

— Talvez. — Dei um sorriso divertido. — Mas na verdade eu estava achando o dia agradável.

— Claro, com uma bela companhia dessas!

— Está falando de mim ou de você? — gracejei.

Ele simplesmente sorriu e voltou a caminhar.

Quando chegamos à sorveteria, escolhemos os sabores e fomos ao caixa, mas Felipe não me deixou pagar por eles. Lancei-lhe um olhar questionador e ele disse que estava apenas brincando na mensagem, pois me daria aulas de graça.

— Você me enganou direitinho.

— Só queria arrumar uma desculpa para tomar um sorvete.

Torci o canto dos lábios.

— Espertinho!

Ele sorriu e fomos para uma das mesas perto da porta de vidro.

— Então, Girassol, quando quer começar as aulas? — Pegou uma colherada de sorvete.

— O mais rápido possível. Minhas provas começam daqui a duas semanas.

— Então só temos duas semanas para estudar?

— Sim...

Felipe sibilou.

— Pensando bem, acho que vou ter que começar a cobrar de verdade. — Ele deu um sorriso travesso e tomou mais um pouco do sorvete. — Mas, sério... Precisamos ter foco total.

— Ok, professor. Mas que dia você pode me ensinar? Só nos fins de semana?

— Sim, por conta do trabalho. Mas também podemos estudar algumas sextas à noite. Saio da academia às seis, então podemos começar as aulas às sete. Se você puder estudar à noite, claro.

Balancei a cabeça em afirmativo e tomei uma colherada do sorvete sabor torta de limão.

— Acho que posso, desde que não termine muito tarde. Porque... bem, você conhece meu pai, né?

Felipe deu uma risada.

— Não quero que ele quebre meus dedos da próxima vez que me vir — brincou, dando uma piscadela. — Então podemos estudar até as oito nas sextas.

— Ele com certeza iria esmagar seus dedos... — Dei um sorriso travesso.

— E como eu iria tocar violão ou teclado? Não dá. — Balançou a cabeça.

— Mas, sério, por mais que meu pai tenha dado uma de protetor, acho que ele e minha mãe meio que gostam de você.

Ele ergueu as sobrancelhas e se recostou na cadeira, cruzando os braços.

— Sério?

Assenti.

— Sério. E vovó também. Ela disse que você é bonito.

— Eu sei — sorriu, fazendo charme —, sou mesmo bonito.

Balancei a cabeça, segurando o riso.

— Mari está certa quando fala que você é convencido.

Ele se aproximou da mesa e cruzou os braços sobre ela.

— Não sou convencido. Só tenho uma boa autoestima.

— Sei.

Ele olhou em meus olhos.

— Você também deveria aprender comigo, Girassol. Toda vez que digo que você é linda, desvia os olhos, como se não acreditasse ou eu estivesse dizendo algo de outro mundo. Mas é a mais pura verdade, você *é* linda.

Mordi a parte interna do lábio. Não que eu não acreditasse, mas ouvi-lo dizer aquilo sempre me pegava desprevenida. E ele estava me dizendo muito isso ultimamente. Tê-lo assim, tão próximo, me olhando nos olhos e dizendo essas coisas... Aquilo me deixava sem graça. Como naquele momento.

— Viu? — disse e se recostou na cadeira. — Você sempre faz essa cara.

Olhei para meu pote de sorvete e tomei mais uma colherada, sentindo a pele do rosto queimar.

— Não sei que cara... — comentei, tentando controlar a respiração para que ele não percebesse meu nervosismo. Mas, quanto mais eu tentava segurá-la, mais ela parecia sair do controle.

— Essa cara aí.

Respirei fundo e me forcei a olhar para ele.

— Não tem cara alguma. — Apertei os lábios, tentando parecer estável.

Ele deu uma risada breve e voltou a tomar sorvete.

— Tá certo.

— Ok, vamos mudar de assunto. Que tal você me contar sobre seu trabalho?

— O que quer saber?

— Você gosta? — Comi um pedaço do canudo de biscoito que estava no meu sorvete.

— Eu gosto, sim.

— Desde quando sentiu que queria fazer Educação Física? — Ótimo, eu estava parecendo uma repórter!

— Acho que desde que eu era adolescente. Sempre gostei de praticar esportes, fazer atividades físicas... e meio que me inspirei em um professor do colégio. Ele era maneiro e me explicou como era a área. Então, decidi que queria fazer isso.

Sorri para ele, agradecendo secretamente aos meus pulmões por estarem voltando ao normal.

— Os professores meio que acabam nos inspirando às vezes, né? Pena que nem todos queiram ser professores.

Ele ergueu as sobrancelhas e apoiou o cotovelo na mesa.

— E você, quer seguir o caminho da licenciatura?

— Sim... Sempre achei interessante o trabalho dos professores. E me interessei por Ciências Biológicas justamente porque uma professora minha era ótima e me fazia amar a aula de Biologia. Ela explicava tudo de um jeito diferente, sabe? Trazia para a realidade. E eu também sempre gostei muito de plantas, principalmente das que possuem flores. Então juntou uma coisa com a outra.

Ele sorriu.

— Pelo menos agora sabe a diferença entre girassol e gérbera, né?

— Ei! — Chutei a canela dele sob a mesa.

— Caramba! — reclamou, passando a mão na perna. Depois olhou para mim com a testa franzida e os lábios contorcidos em diversão. — Poxa vida, Girassol, não lembrava que você era tão agressiva.

Dei de ombros e voltei a tomar o sorvete.

— Você pediu. Eu só me defendi.

Ele balançou a cabeça, estalando a língua.

— Me explora com as aulas e ainda me bate...

Fiz uma careta de deboche. Ele riu.

# Capítulo 30

Ni me mandou uma mensagem no domingo à tarde, quando eu estava na casa de vovó Margarida, colhendo amoras.

**Stephanie**

Quer dizer que eu fui abandonada de vez agora?! :(

Pela manhã, eu havia conversado com os pastores da minha antiga igreja sobre minha decisão de ir congregar com os meus amigos. Os pastores disseram que sentiriam minha falta, mas me deram sua bênção. Minha amiga, no entanto, ficou toda sentida. Contudo, eu sabia que era tempo de viver algo novo.

Para de ser dramática! Ainda moramos perto e continuarei sendo sua amiga. Sempre.

Mas não é o que parece. Você me abandonou e só vive com seu novo-velho crush, Mari e os amigos. Se esqueceu de mim.

Ah, para com isso KKKKK já falei que Felipe não é meu crush coisa alguma. E deixa de ciúmes. Sinto sua falta 🫶

Sente nada. Se sentisse, iria me visitar ou passar mais tempo comigo.

Revirei os olhos.

## Esperarei por Você

> Ok, senhora, não seja injusta. Eu sempre te convido para sair com a gente, mas você nunca vai. Fala que tá ocupada estudando.

> Tá, isso é verdade. Mas nada te impede de vir aqui e me arrastar para tomar um sorvete de vez em quando.

> E que tal você vir aqui e passar a tarde comigo?

> Por que EU tenho que ir?

> Deixa de preguiça! Minha avó vai fazer bolo de cenoura com cobertura de chocolate, que eu sei que você adora.

> Aff. Ok, você me convenceu.

> Aproveita e traz roupa para irmos à igreja mais tarde. Assim voltamos juntas para casa.

> Lá vem ela querendo me pescar...

> Não quero "te pescar", só quero passar um tempo com minha amiga.

> Ok, ok. Tudo bem.

Ni chegou quase uma hora depois.

— Vai se mudar? — brinquei quando ela apoiou uma bolsa grande no sofá da sala de vovó.

Ela fez uma careta debochada.

— Não, mas eu gosto de estar sempre prevenida. Aqui tem tudo o que preciso para me arrumar.

Dei uma risada e balancei a cabeça. Em seguida, fomos para a varanda e nos sentamos no banco de madeira. O dia estava um pouco mais ameno, mas o cheiro úmido do vento indicava que haveria chuva em algum momento. A previsão era de pequenas pancadas de chuva para o fim da tarde ou da noite.

— Então, como estão as coisas com seus *novos* amigos? — provocou.

*Oh, garota ciumenta!*

— Eles são legais. E, sabe... Se você aceitasse sair com a gente, perceberia isso também.

— Só que a faculdade tá me tomando muito tempo. E também tô fazendo a monografia, você sabe.

— É, eu sei. Você é muito dedicada. Eu é que deixo tudo para cima da hora...

Ela balançou a cabeça.

— Você tem que parar de procrastinar, Melissa. Isso faz mal, sabia?

— Eu sei, eu sei... Tô tentando. Até porque esse semestre não está me perdoando. Tô cheia de provas e ainda tenho que terminar um artigo até semana que vem para mandar para a revisão. Se não fosse Felipe me ajudar com Bioestatística, estaria perdida!

Ela levantou uma sobrancelha e pôs o cotovelo no encosto do banco para apoiar o rosto, parecendo mais interessada no assunto.

— Por falar em Felipe, vocês têm andado muito juntos, né?

— É. — Olhei para o jardim da casa de vovó. — Ele tem me ajudado com Bioestatística e tenho estudado teclado aos sábados, antes dos ensaios. Nos tornamos bons amigos. Na verdade, me aproximei muito de todos, até do Theo e do Yago.

— Mas com o Felipe é diferente, né? — perguntou, cheia de insinuações.

— Como assim, diferente? Não vai começar com aquela história, vai?

Ela deu risada.

— Vai me dizer que não o acha bonito? — Cruzou as pernas sobre o banco.

Apertei os lábios. Ok, ele era bonito, só que eu não pensava nele dessa forma.

Ou pensava?

Fixei os olhos no jardim. Aquele incômodo quando ele sorria... Talvez isso fosse porque ele era bonito, e também um tanto charmoso e...

— Eu sei que você acha isso — Ni insistiu —, não tenta me enganar. Eu te conheço, Melissa!

Segurei um sorriso.

— Ok, ele é bonito. Satisfeita?

Ela riu.

— Ele ainda mexe com você, não mexe?

— Stephanie! — repreendi.

— Vai, fala a verdade! Ele mexe com você? Nem que seja um pouquinho?

Mordi a parte interna do lábio, pensando se aquilo realmente estava acontecendo. Tudo bem, algo acontecia comigo quando estávamos a sós, ou quando ele sorria... ou me tocava. Algo que eu não sabia explicar.

Minha amiga continuava a me observar em silêncio, com aquele olhar de quem estava desvendando os segredos da minha alma. Não conseguia mentir para ela, de toda forma, nem quando eu não sabia que estava mentindo — senão para ela, para mim.

— Talvez — soltei, e ela deu um sorriso travesso. — Mas não quero alimentar sentimentos errados. Então, vamos parar por aqui.

Mesmo parecendo querer continuar, Ni assentiu e permanecemos em silêncio, observando as flores no jardim de vovó.

Depois de alguns minutos, vovó nos chamou para comermos bolo e nos sentamos à mesa da cozinha para o café da tarde. Ela estava sorridente e toda animada com a visita da minha amiga. Conversamos trivialidades e vovó contou algumas de suas histórias, depois fomos para o quintal ajudá-la a cuidar das plantas e árvores frutíferas. Ni e eu subimos na goiabeira e começamos a nos lembrar da infância, quando ficávamos naquela mesma árvore conversando o dia quase todo.

À noite, fomos ao culto na minha nova igreja. Ao final, o pastor João me recebeu e me apresentou aos outros membros. Meus amigos vieram me abraçar e estavam sorridentes. Percebi que Theo havia ficado animado ao ver Ni e logo fez uma piada sobre ela estar sumida e o fato de que parecia que ia chover. Pensei que ela desconversaria como das outras vezes, mas até deu risada:

— Nossa, parece o tipo de coisa que meus avós falariam... — respondeu, fazendo graça também. Os olhos de Theo pareciam animados por ter sido correspondido.

Eu podia até apostar que ele ficou ainda mais feliz quando consegui convencê-la a sair para lanchar com a gente. Ultimamente Stephanie só estava focada nos estudos, eu quase não a via.

Yago, que também não parecia muito animado, concordou, talvez por causa de todo o discurso que fiz sobre a importância de se passar mais tempo com os amigos.

Fomos a uma pizzaria perto da igreja. A conversa fluiu por diversos assuntos, inclusive sobre nossos planos para o futuro. Mari revelou que estava pensando em cursar Fonoaudiologia no próximo ano; o que era ótimo, porque descobrir o que queria como carreira era o tipo de assunto que a deixava preocupada.

— Tenho orado sobre isso, sabe? — confessou. — E outro dia li um artigo sobre a profissão e me apaixonei. Acho que é o que devo fazer.

— E eu acho que combina mesmo com você, amiga!

— A minha mãe falou a mesma coisa! — Ela riu.

— Queria que meus pais me apoiassem também. — Theo deu um gole no refrigerante. Depois suspirou, apoiando o copo na mesa. — Estou cansado de ver meu pai dizer que eu joguei todas as oportunidades para o alto e, se eu quero levar uma vida medíocre, que me sustente sozinho. — Revirou os olhos. — Como se eu dependesse dele para alguma coisa... Sempre trabalhei! Minha vontade era sair de casa, sabe? Mas fico pensando na minha mãe...

— Ah, cara! — Yago bateu no ombro do amigo. — Ele ainda não superou aquele negócio da carreira militar?

— Não. — Theo torceu os lábios.

— Sei que pareço meio intrometida, mas o que aconteceu? — Ni quis saber. Theo deu um meio-sorriso para ela.

— Não, tudo bem. — Ele se inclinou sobre a mesa para olhá-la, pois estava na ponta oposta. — É que meu pai sempre quis que eu seguisse a carreira militar, como ele. Me obrigou a fazer cursinhos e tudo. Eu só fiz porque minha mãe insistia, sabe? Mas achava a maior chatice. Aí, comecei a aprender música e me encontrei. Não é só um hobby, é algo que quero ter como profissão. Então comecei a trabalhar na loja de música e desisti da carreira militar. Só que meu pai ficou uma fera, quase destruiu o estúdio e não falou comigo por uma semana. — Passou a mão pela nuca com o semblante caído. — Ele diz que música não dá dinheiro e me acha irresponsável.

— Nossa! Deve ser difícil não ter apoio... — Ni foi bastante gentil. — Sinto muito.

— Tá tudo certo, pelo menos eu faço o que gosto. Não me arrependo de ter escolhido a música.

— E é muito talentoso — comentei.

— Obrigado, Mel. — Ele sorriu.

— Por falar em música — Felipe cortou um pedaço da pizza no prato e me olhou —, eu acho que você deveria fazer parte do ministério de louvor, Girassol.

— Eu?

— Sim, você. Eu te ouço cantando quando ensaiamos, e você tem uma voz muito bonita.

*Hã? Minha voz é bonita?*

— Sério?

— Eu concordo, sua voz é linda, amiga! — Mari comentou. — Está escondendo o talento.

Dei uma risada envergonhada.

— Ah, sei lá, gente. Não concordo muito.

— E também estamos precisando de um tecladista — Yago entrou no assunto. — Já que você está aprendendo, poderia cantar e tocar teclado.

— Não, gente, eu ainda nem sei tocar direito, tenho muito o que aprender!

— Mas está evoluindo bem — Felipe disse para mim, e meu coração secretamente sorriu.

Theo uniu as mãos, voltado para mim.

— Mas a pergunta principal é: quando vai entrar para o ministério?

— Calma, gente! Não posso fazer essas coisas sob pressão, não. Preciso pensar no assunto e ver se é da vontade de Deus.

Mari sorriu.

— Essa é minha amiga! Aprendeu direitinho! — referiu-se ao fato de eu ter aprendido a pedir direção a Deus.

— Eu tento... — Sorri e dei uma garfada na minha pizza.

Ni esticou o braço sobre meu ombro.

— Nossa bebê tá crescendo, Mari! — comentou e nós rimos.

A conversa seguiu tranquila e cheia de diversão enquanto comíamos, mas as primeiras gotas de chuva começaram a cair, expulsando-nos dali.

# Capítulo 31

A semana foi agitada. Tive várias provas e trabalhos. Quando chegava em casa, após a faculdade, ficava mergulhada nos livros. Já era sexta-feira e eu estava esperando o ônibus para ir para casa, após duas provas — uma pela manhã e outra no início da tarde.

Estava exausta.

Fitei o céu. Estava muito nublado e ventava um pouco. Resolvi mandar uma mensagem para Felipe:

> Ei, acho melhor estudarmos lá em casa hoje. Parece que vai chover.

Costumávamos estudar na área de lazer do condomínio, pois mesmo à noite era iluminada. O problema era que, como não possuía cobertura, não poderíamos ficar lá caso chovesse.

O ônibus não demorou muito. Entrei nele e me sentei em um banco mais ao fundo. Abri a janela e fui atingida pelo cheiro de umidade.

Resolvi abrir o Facebook de Felipe para passar o tempo. Havia várias fotos dele tocando guitarra e algumas mostrando os pés, com os usuais tênis pretos, pisando em algum pedal de efeito da guitarra. Também havia fotos dele com a família, com o pai. Uma dele com Theo, jogando pebolim e rindo. E uma muito bonita dele de perfil, olhando para o horizonte, sentado em uma pedra no alto de uma cachoeira, com os cabelos molhados jogados para trás. Ele era *mesmo* lindo. E, sim, estava estranhamente mexendo com meu coração. Mas eu não podia deixar aquilo acontecer, porque ele jamais me veria como algo além de uma amiga. Aquelas sensações na boca do meu estômago não podiam continuar.

*Para de ser bobo, coração. Não vai se iludir de novo!*

Fechei o Facebook e apoiei a cabeça na janela, sentindo o ar refrescante bater em meus cabelos.

*Desde quando ele começou a mexer comigo assim? Aposto que foi aquela conversa com Ni!*

Assim que cheguei ao apartamento, fui até o quarto para tirar a mochila pesada das costas e senti o celular vibrar no bolso. Meus lábios se curvaram involuntariamente quando li as mensagens.

**Felipe**

> Oi, Girassol. Pode ser. Te vejo mais tarde :)
> Ps.: Tenho uma surpresa para você.

Uma surpresa?
*Ah, não!* Agora eu estava curiosa. Mordi a cutícula do dedo mindinho.

> Que surpresa?

> Se eu contar, não será mais surpresa, ué. Espere e verá.

> Então pra que me avisar antes?

> Para te deixar curiosa para me ver ;)

Abri um sorriso e balancei a cabeça. Começou com as piadinhas!

> Isso não se faz, Felipe :(
> Agora vou ficar pensando nisso a tarde toda até você aparecer. Eu sou uma pessoa ansiosa!

> Que bom, vai pensar em mim a tarde toda ;)

> Eu não disse que era em você.

> Não?

> Não.

> Mas talvez pense depois da surpresa.

> O que é? o.o

> Mais tarde você descobre. Tenho que desligar aqui ;)

Ele saiu e me deixou com a pulga atrás da orelha. Que surpresa era essa? E por que ele falou que eu pensaria nele depois dela? Por que estava tão misterioso? Agora eu teria que passar horas com aquela dúvida. Como focaria nos estudos assim?

Tomei banho e fui até a cozinha avisar minha mãe que Felipe e eu estudaríamos lá por causa da possível chuva. Ela disse que tudo bem, e então a ajudei a preparar um bolo para o café da tarde.

As horas se passaram lentamente, enquanto eu estudava à escrivaninha do meu quarto. Minha cabeça só pensava no mistério que Felipe fez.

A chuva já caía lá fora e o cheiro de terra molhada preenchia o quarto. Era sempre reconfortante senti-lo, mas naquele dia minha mente estava a mil.

Quando finalmente estava se aproximando das sete, decidi ir para a sala e esperar por ele.

Recebi uma mensagem no horário marcado:

**Felipe**

> Girassol, já estou aqui na portaria.

Pedi que entrasse, pois o porteiro já sabia da sua visita, e depois desci as escadas para esperá-lo no hall de entrada do prédio. Ele apareceu segurando um guarda-chuva preto e com uma mochila nas costas. Seus tênis e parte da bainha da calça jeans estavam molhados. A chuva se intensificara e formara várias poças no asfalto do condomínio.

Esfreguei os braços enquanto ele se aproximava, o ar estava um pouco frio. Senti-me culpada por tê-lo feito ir até ali, debaixo daquele mau tempo, só para estudarmos.

Ele entrou e fechou o guarda-chuva.

— Oi — disse, sorrindo. — A chuva tá intensa, né?

— Você se molhou todo. — Apontei para os pés dele. — Acho que deveríamos ter cancelado.

— Não, tudo bem. — Sorriu novamente. — Depois eles secam. E você precisava da aula. Sua prova não é na semana que vem?

— Sim. Mas poderíamos ter deixado para amanhã, sei lá. Se quiser, pode me cobrar! — brinquei e sorri. — Acho que já abusei demais da sua boa vontade.

Ele levantou uma sobrancelha.

— Não me dê ideia! — Riu. — Mas, falando sério, é um prazer te ajudar. E... — Ele passou a mão na nuca. — Bem, para falar a verdade... Gosto de estar com você. Mesmo debaixo de chuva.

Meu coração deu um salto e senti um pequeno incômodo no peito. Ele gostava de estar comigo? *Mesmo debaixo de chuva...*

Permaneci em silêncio, tentando não prestar atenção naquelas palavras. Ele sorriu.

— Ah, estava quase esquecendo a surpresa! — Tirou a mochila das costas e a abriu. Antes que pudesse me mostrar o que era, me pediu: — Só que você vai ter que fechar os olhos...

Arqueei as sobrancelhas, mas obedeci. Ele segurou minha mão, depois a levou até algo de formato redondo, ou como cilindro ou cone. Talvez uma caneca? Ou era um pote? Eu não conseguia adivinhar.

— Não abre os olhos ainda — orientou, pegou a minha outra mão e a apoiou sobre o objeto. — Pronto, agora pode abrir.

Abri os olhos e ele me soltou, deixando-me sentir o peso do presente. Era um vaso de plantas com um pequeno girassol plantado.

Olhei para ele, sorrindo. Mal conseguia me segurar.

— Não acredito! É lindo! Obrigada, Felipe!

Ele sorriu também.

— Estava passando em frente à floricultura hoje cedo e vi o girassol. Na mesma hora pensei em você. Achei que fosse gostar.

— Eu amei! — Olhei a flor. Em pensar que eu havia feito aquela confusão na infância, que me gerou esse apelido... Apelido que eu agora adorava ter.

— Fico feliz que tenha gostado. Eu imaginei que gostaria mais de uma planta em um vaso, que pudesse cultivar, do que um buquê de flores.

Parei de sorrir, surpresa.

— Como você sabia? — perguntei. Ele pareceu confuso, então acrescentei: — Que eu prefiro as plantas para cultivar...

— Ah, foi um chute, na verdade. — Sorriu de canto. — Acho que porque você gosta de plantas e ser quase uma bióloga... Talvez gostasse de ter algo mais duradouro. E... — Ele colocou as mãos nos bolsos e deu de ombros. — Bom, talvez pudesse pensar em mim ao olhar para ela todos os dias.

Levantei uma sobrancelha.

— Pensar em você?

— É, acho que seria justo.

Franzi a testa.

— Justo? — *Argh*, por que eu estava repetindo as palavras dele como um papagaio?

Tudo bem, eu não estava conseguindo pensar em nada que fizesse sentido. Minha mente só girava e repetia: *Pensar em mim... Pensar em mim... Pensar em mim...* O que ele queria dizer com aquilo?

Felipe balançou a cabeça em afirmativo e se aproximou de mim. Seus olhos brilhantes me fitavam. O que estava acontecendo com meus pulmões? Por que eles não queriam funcionar direito?

A cada centímetro que ele se aproximava, o ar parecia ficar mais rarefeito. Ele ficou tão perto que pude sentir o cheiro refrescante que exalava de seu cabelo. Restava apenas o vaso com o girassol entre nós.

— Acho que preciso te confessar uma coisa... — ele disse, fitando-me.

— O... o quê? — Minha voz saiu tão fraca que quase pareceu um sussurro.

— É que... Sabe, eu tenho pensado muito em...

O barulho estrondoso de um raio o interrompeu. E, como se estivesse saindo de uma hipnose, Felipe se empertigou e se afastou.

— Bem, acho melhor irmos logo estudar.

*Ah, não! Logo agora? Obrigada, raio!*

Felipe coçou a nuca e virou-se, abaixando para pegar a mochila que deixara no chão. Ele realmente largaria aquela dúvida no ar?

— Felipe... — consegui balbuciar. Ele se virou para me olhar. — O que você ia dizer?

Ele entortou os lábios e pegou o guarda-chuva no canto da parede.

— Quando for a hora certa, Melissa... — E mais um trovão. Dessa vez, o raio parecia ter caído mais perto, pois o barulho chegou poucos segundos após a luz. Felipe olhou para o céu. — A chuva está piorando, é melhor irmos logo.

Ele subiu os primeiros degraus e me deixou ali, paralisada, pensando *por que* não seria a hora certa. E *o que* era essa tal coisa que precisaria de um momento ideal para ser revelada.

Quando percebeu que eu não me movia, Felipe se virou para mim e chamou:

— Vamos?

Resolvi que deveria mesmo engolir a dúvida e acabei concordando com ele. Estava na hora de estudar. Aquilo havia sido tão...

Bom, era melhor não pensar no que sua repentina aproximação havia feito com meus sentidos e órgãos. Até porque nem eu estava entendendo. Precisava ocupar a mente com outra coisa.

Quando chegamos ao apartamento, Felipe retirou os tênis molhados e os colocou no canto perto da porta da cozinha. Minha mãe lhe ofereceu um par de chinelos de meu pai e fui guardar o vaso com o girassol na escrivaninha do meu quarto. Depois, nos sentamos à mesa para estudar.

Evitei olhar para seus olhos e também ignorei as perguntas que se formavam em minha mente. Concentrei-me nos cálculos e conceitos que ele demonstrava na folha de papel. Explicou com exemplos e também aproveitou para marcar algumas páginas de exercícios que havia no livro para que eu os fizesse depois. Os conceitos e as fórmulas pareciam mais claros agora que ele os explicava. Aparentemente, não eram tão complexos quanto o professor fazia parecer.

Meu pai chegou em casa quando estávamos quase no fim de uma hora de estudo. Pensei que ficaria ciumento ou arisco com a visita inesperada, mas fez totalmente o oposto: foi supersimpático com Felipe e até o convidou para jantar conosco. Felipe disse que não precisava, mas minha mãe e eu insistimos.

Já tinha ido até ali debaixo de chuva, não era certo que saísse com fome também. Por fim, aceitou o convite.

Quando acabamos os estudos, guardei o material e o levei até o quarto, deixando Felipe e meu pai sozinhos na sala. Ao voltar, os dois haviam achado um canal de esportes na TV e estavam assistindo a um jogo juntos. Dei uma risada baixinha e fui para a cozinha ajudar minha mãe com o jantar.

— Acho que meu pai achou um amigo para conversar sobre futebol europeu — comentei com ela.

Minha mãe ergueu as sobrancelhas e sorriu, enquanto picava cheiro-verde para pôr na carne.

— Que mudança repentina!

Apoiei a mão sobre a pia de granito.

— Acho que encontraram algo em comum... Mas e aí, precisa de ajuda com alguma coisa?

— Sim. Pode cortar aquelas batatas ali para fazer o purê? — Ela apontou para os legumes em cima da pia.

— Claro. — Peguei a faca e comecei a ajudá-la.

Quando o jantar estava quase pronto, fui até a porta da cozinha para espiar meu pai e Felipe, saber se estava tudo bem entre eles. Felipe explicava para ele que fazia Educação Física e adorava esportes. Meu pai perguntou sobre o trabalho, e ele contou que era *personal trainer* em uma academia na cidade, mas que pretendia abrir um estúdio no futuro.

Seu Cláudio parecia bastante interessado e o questionava sobre suas expectativas, sua família e sua vida espiritual. Dei risada. Aquele, sim, era meu pai! Estava investigando de fininho, avaliando Felipe... e o garoto nem estava percebendo. Pior que eu nem podia salvá-lo — e, bem... eu meio que estava adorando a cena.

Quando o jantar ficou pronto, nos sentamos à mesa, meu pai fez uma oração de agradecimento e nos servimos do que minha mãe tinha preparado. O cheiro de ervas que exalava da carne de panela era tão bom quanto o sabor. Conversamos um pouco e, quando acabamos o jantar, Felipe disse que estava na hora de ir. Então se levantou, agradeceu a meus pais e calçou os tênis ainda úmidos. Descemos as escadas juntos.

A chuva já tinha dado uma trégua e estava quase parando àquela hora. As gotas mais finas produziam um som suave e o ar estava fresco.

Paramos em silêncio no hall do prédio e minha mente foi levada a algumas horas antes, quando estávamos ali e ele me olhou daquele jeito. A pergunta agora latejava em minha mente quase que no mesmo ritmo da chuva lá fora.

Felipe se virou para mim e deu um sorriso contido, depois colocou uma mão no bolso da calça.

— Então, Girassol... Nos vemos amanhã?

— É... Sim.

Ele concordou com a cabeça e pegou o guarda-chuva na lateral da mochila.

— Até amanhã então. — Aproximou-se e depositou um beijo suave em minha bochecha. — Boa noite, Girassol.

Sorriu e abriu o guarda-chuva.

— Boa noite — respondi baixinho, sentindo um calor aquecer a pele no ponto em que ele havia depositado o beijo.

Então ele saiu na chuva. Cheia de questionamentos, observei suas costas se afastarem enquanto passava a mão sobre a bochecha.

# Capítulo 32

Querido amor,

Você já sentiu medo de se apaixonar por alguém que não deveria e seguir um caminho que vai te ferir?

Eu já. Há dias em que o sinto. Não quero errar o caminho outra vez, me apaixonando pela pessoa errada, e me perder de você de novo. Não quero mais me ferir.

Se você já se apaixonou pela pessoa errada, deve saber que a dor de um coração partido é sufocante. Às vezes deixa marcas tão profundas que nem o tempo pode sarar, somente as mãos de Deus e o Seu agir.

Por isso, decidi que esperaria por você. Que era melhor guardar o meu coração, pois não quero colecionar feridas por aí.

Tenho pedido a Deus todos os dias que não deixe que eu me apaixone pela pessoa errada novamente. Peço a Ele que me leve até você.

Às vezes, queria ao menos saber as letras do seu nome, ou saber onde o encontrarei, ou ver seu rosto em um sonho. Talvez assim eu tivesse certeza de que era você ao te encontrar. Já pedi a Deus que me mostrasse você, mas acho que não é assim que as coisas funcionam. Ele tem o próprio modo de agir e acho que está me ensinando a ser paciente.

Também acredito que está me ensinando que você é como um presente. Está guardado, embrulhado, em segredo, esperando apenas a data oportuna para aparecer. Assim, esse dia será especial.

Peço a Ele que me faça perceber quando for você e que você também me perceba na hora certa.

Te espero, desejando segurar sua mão e finalmente descobrir o formato do seu sorriso.

Espere por mim.

Até um dia!

Com carinho,
Melissa

A carta saiu como um desabafo. Meu coração estava estranhamente inseguro na segunda-feira. Fiquei com medo de me iludir e seguir na direção errada de novo. Não queria sentir aquilo.

Felipe era meu amigo e decerto não me olhava com outros olhos. Só estava sendo ele mesmo, com sua simpatia sem fim, misturada às alfinetadas e ironias. Se eu me deixasse iludir por seus pequenos gestos de amizade e consideração, por seu sorriso, seu toque em minhas mãos... *por aquele beijo suave na bochecha...*

Se eu confundisse as coisas, talvez isso afetasse a nossa amizade e eu perdesse mais uma pessoa importante. Não queria que isso acontecesse. Tê-lo como amigo seria melhor do que me deixar levar por sentimentos sem sentido e afastá-lo caso algo saísse do controle.

Era isso, eu deveria esquecer o que sentia.

Ao guardar a carta na caixa de madeira que vovó me dera, pedi a Deus que tirasse aquele sentimento do meu coração. Que eu só me apaixonasse pelo homem que Ele havia separado para mim, para me casar. Não queria mais me iludir, nem provocar feridas desnecessárias.

# Capítulo 33

O sábado estava quente como nos outros dias, mas não havia muitas nuvens no céu, apenas algumas finas e esparsas, o que parecia indicar que não haveria chuva tão cedo. Levantei-me e, após o café da manhã, peguei a bicicleta e fui pedalar no parque.

A sombra das árvores e a brisa leve que balançava meus cabelos, conforme eu pedalava, amenizavam um pouco o calor. O local estava movimentado como na maioria dos fins de semana e havia algumas pessoas no gramado, reunidas em pequenos grupos ou solitárias. Vez ou outra minha mente era levada a Felipe, ao seu sorriso, ao som agradável da sua risada. Isso me alegrava e ao mesmo tempo me inquietava. Então, fiz uma breve oração enquanto pedalava, pedindo a Deus que me direcionasse e aquietasse meu interior tão conturbado. Depois pus "Give me faith", da Elevation Worship, para tocar no celular.

Quando voltei para casa, decidi praticar teclado até o horário da aula. Meu pai havia me dado um de presente, porque eu estava gostando muito de aprender. Felipe me ajudou a escolhê-lo.

Coloquei-o ao lado da escrivaninha, abaixo da janela, assim eu poderia praticar enquanto observava a paisagem lá fora. Isso me inspirava e me acalmava.

Estava tentando aprender a tocar a música "Primeiro amor (Quero voltar)", na versão da Arianne. Era uma canção que falava muito comigo. A letra era como uma oração Àquele que se tornara meu precioso Amigo e falava sobre voltar ao primeiro amor por Ele. Cantei-a enquanto tocava as notas suaves ao som de teclado.

De repente, o celular vibrou em cima da escrivaninha. Olhei o identificador de chamadas e senti o estômago se revirar. Era Lucas.

O que ele queria agora comigo? Não queria saber mais nada dele, para mim fora suficiente tudo o que ouvira de Tati. O modo como ele cinicamente havia me enganado... Aquilo me dava enjoo só de pensar.

Recusei a chamada e voltei ao teclado.

Contudo, ele insistiu mais uma, duas, três vezes, mesmo que eu desligasse. Bloqueei as ligações dele e percebi no relógio do celular que já estava quase na hora da minha aula de música. Levantei-me correndo e fui tomar um banho.

Enquanto procurava uma roupa, minha mãe bateu à porta do meu quarto.

— Melissa, tem alguém na portaria querendo falar com você. O porteiro acabou de avisar.

Será que Felipe tinha ido me buscar? Eu não tinha combinado nada com ele. *Que estranho...*

— Quem é? — gritei, enquanto acabava de me vestir.

*Droga, vou chegar atrasada! Cadê minha blusa azul-marinho?* Vasculhei a gaveta, provocando uma bagunça terrível.

— Acho que começava com "L"... — Ela demorou alguns segundos para pensar. — Ah, isso! Era um tal de Lucas.

Gelei ao ouvir o nome. Não podia ser.

Escolhi a blusa preta mesmo e entreabri a porta. Minha mãe ainda estava lá.

— Você tem certeza de que é esse o nome? — perguntei, sentindo medo da resposta.

Ela balançou a cabeça positivamente.

— Sim, é isso mesmo. Um tal de Lucas. — Ela vincou as sobrancelhas. — Quem é? Você conhece?

Fiquei paralisada por alguns segundos, olhando para minha mãe, e ela de volta para mim, sem entender nada. Estremeci ao me lembrar das ligações poucos minutos antes. Só podia ser ele mesmo, afinal sabia onde eu morava.

Peguei o celular sobre a escrivaninha e desci correndo as escadas, sem responder à minha mãe. Eu só acreditaria se visse com meus próprios olhos.

E então vi. Era mesmo ele lá parado, com uma camiseta cinza desbotada, os cabelos bagunçados, tênis nos pés, encarando o porteiro, que parecia desconfiado. Aproximei-me sentindo a raiva pulsar nas veias. Ele abriu um sorriso torto ao me ver.

— Melissa — disse, com a voz profunda, que agora me dava repulsa.

— O que tá fazendo aqui?

Lucas sorriu mais uma vez e fechei os punhos, sentindo vontade de dar um soco bem no meio daqueles dentes brancos.

*Será que quebraria a mão?*

— Vim te ver, minha linda.

# Capítulo 34

Levei Lucas para o parque porque não queria que causasse problema na portaria do condomínio. Estava claramente alterado, o bafo de álcool mostrava que tinha bebido. Por isso, fiz questão de ficar em um lugar que não fosse muito isolado. Fomos até o caminho principal, por onde sempre passava alguém.

— O que você quer? — perguntei.

— Eu já disse, vim te ver. — Deu um passo para perto de mim e sorriu. — Senti sua falta.

Cruzei os braços.

— Já viu, agora pode ir!

— Não fala assim. — Aproximou-se mais e puxou minha mão para si. — Eu sinto muito a sua falta...

Puxei-a de volta. Se fosse algum tempo atrás, talvez eu caísse de novo nessa conversa, como muitas vezes antes. Mas não depois de saber das suas mentiras...

— Não me diga... — ironizei. — Então já esqueceu a Clarissa? — Admirei-me da minha língua afiada.

Ele arregalou os olhos por um momento, mas em seguida fingiu que eu não havia dito nada demais.

— Não tô nem aí para a Clarissa! Meu negócio aqui é você. — Deu mais um passo para frente e me puxou pela mão, envolvendo minha cintura com os braços. — Vai dizer que também não sentiu minha falta? — Olhou-me nos olhos. O cheiro de álcool me fez ficar enjoada.

— Nem um pouco! — Virei o rosto e espalmei seu peito para tentar me desvencilhar. Em vão. Ele me prendeu com força. — Me solta, Lucas!

— Não faz doce, minha linda... Eu sei que você me quer. — Aproximou os lábios dos meus, na tentativa de me beijar. Prendi a respiração e virei o rosto para o lado.

— Não quero droga alguma! — esbravejei, empurrando-o. Ele não se moveu. Apenas me olhava parecendo confuso. Soquei seu peito. — Por favor, me solta! ME SOLTA!

Meu celular tocou, e Lucas deu um pulo. Aproveitei a oportunidade para empurrá-lo e saí de seus braços. Ele cambaleou para trás. O telefone continuava a tocar. Afastei-me alguns passos de Lucas e vi a tela. Era Felipe.

*Ah, não! A aula! Eles devem estar me esperando!*

— Oi, Mel. Você vem hoje?

— Oi. Já estou indo — respondi.

— Com quem você tá falando?! — Lucas bradou, aproximando-se.

— Ninguém que te interesse!

— *Melissa? Quem é?* — Felipe perguntou ao telefone. — *Está tudo...*

Não consegui ouvir o resto. Lucas arrancou o telefone da minha mão para ver quem era e desligou a chamada.

— Ah, então é isso? — Seus olhos pareciam furiosos. — Você tem um namoradinho agora? Por isso que tá me rejeitando de novo, né?

— E SE EU TIVER?! — Tomei o celular da mão dele. — Me deixa em paz, Lucas! Eu não quero você porque você é um mentiroso ridículo! Para de encenar! Eu não caio mais na sua conversa fiada!

Ele piscou algumas vezes antes de responder:

— Que história é essa agora? — Cruzou os braços. — Por que eu sou um mentiroso ridículo?

Dei outra risada sem humor.

— E ainda consegue fingir que nada aconteceu. — Olhei para o lado, balançando a cabeça. Como ele era cínico! Me voltei para ele. — Eu sei de toda a história com a Clarissa! Sei que você me traiu com ela naquela festa. Não adianta se fazer de bobo! Eu sei de todas as suas mentiras agora! Sei que não me ama coisa alguma!

Ele ergueu as sobrancelhas e ficou em silêncio por alguns segundos.

— Queria saber quem foi o idiota que te contou isso! — Fechou os punhos. Respirou fundo e se aproximou. — Foi só uma vez, Melissa! Só fiquei com ela por diversão, porque eu sentia sua falta... — Suavizou o semblante, fazendo cara de inocente. Revirei os olhos. — É você quem eu amo.

— Deixa de ser ridículo! Quem ama não trai! — Como ele ainda tinha coragem de dizer que me amava? — Eu não acredito mais em você. Pode ir fazer outra de trouxa, porque a mim você não engana mais!

Afastei-me, andando em direção à saída do parque.

— Melissa! — Lucas gritou. Mas não olhei para trás, corri até a entrada do parque.

Quando cheguei à calçada, me deparei com Felipe parado do outro lado da rua, em frente à portaria do condomínio. Estava encostado em sua moto preta e digitava algo no celular. Meu celular vibrou logo em seguida. Era uma mensagem dele perguntando onde eu estava. Atravessei a rua correndo e parei à sua frente.

— Estou aqui — respondi, sorrindo sem jeito.

Felipe ergueu a cabeça e se aproximou.

— Está tudo bem, Mel? — Franziu a testa. — O que aconteceu? Você não falou mais nada naquela hora nem atendeu minhas outras ligações... — Passou a mão na nuca. — Fiquei preocupado.

Verifiquei o celular. Havia mesmo várias ligações perdidas. Nem percebi. O telefone estava no modo silencioso e, de algum modo, meu celular não vibrou ao receber as ligações.

*Deve ter sido o Lucas! Aquele ridículo...*

— Desculpa, Felipe. É que aconteceram algumas coisas. Eu...

— Melissa! — Lucas me interrompeu, sobressaltando-me. Não sabia que tinha me seguido. Felipe arregalou os olhos.

Lucas me puxou pelo braço. Em seguida, olhou para Felipe.

— Quem é esse babaca? É o seu *namoradinho*?!

— Deixa ele fora disso! — respondi, puxando meu braço da mão dele. — Vai embora daqui!

Felipe se interpôs entre nós e me afastou para trás.

— O que você quer com ela? — Encarou Lucas com a mandíbula cerrada.

Lucas ficou a poucos centímetros dele.

— Não te interessa, babaca.

— Lucas, para com isso! — gritei, mas ele nem olhou para mim.

— É melhor você ir embora, cara — Felipe disse, em tom de alerta, empurrando-o com a mão, e lhe lançou um olhar severo. — Você está alterado.

Lucas empurrou a mão dele com o antebraço.

— Tira essa mão de mim!

Felipe cerrou o punho com a expressão sisuda.

Coloquei-me ao lado deles, pus a mão no ombro de Felipe, afastando-o para trás, e olhei para Lucas.

— Por favor — falei devagar —, vai embora daqui. Eu não tenho mais nada pra conversar com você.

— Ah, claro. Então vai escolher ficar com *esse aí* mesmo? — Lançou um olhar enojado para Felipe. Depois riu com escárnio e esfregou o cabelo bagunçado. — Agora eu entendo. É claro! Tudo está claro! — Segurou meu braço com força. — Toda aquela história de estar cansada era mentira, você já estava com ele, não é?

— O QUÊ? Felipe não tem nada a ver com isso! — Puxei o braço, mas ele me apertava. — ME SOLTA!

Felipe tirou a mão dele de mim e o segurou pela gola da camiseta.

— É melhor você ir embora ou eu... — ameaçou-o.

— *Ou você* o quê? — Lucas mostrou os dentes e o empurrou. Felipe cambaleou para trás, mas se manteve de pé. — Vai me bater?

Ele cerrou a mandíbula e não respondeu. Seu peito subia e descia, agitado. Os olhos pareciam queimar em fúria, no entanto ele não se moveu.

— Para, pelo amor de Deus! — implorei, puxando o braço de Lucas.

Ele o levantou de modo brusco, fazendo-me tropeçar para trás, e se virou para mim.

— Você não presta! É como todas as outras. Não passa de uma va...

Ele não terminou a frase, pois Felipe lhe acertou um soco de baixo para cima na direção do nariz, fazendo-o cair no chão.

— NUNCA MAIS FALE ASSIM DELA, SEU... — interrompeu-se, prendendo a boca para conter um xingamento.

Lucas se revirou no chão, gemendo, enquanto amparava o nariz, que sangrava. Felipe contraiu e relaxou os dedos, olhando sério para a figura ao meio-fio.

— Ai, meu Deus! Felipe... — Pus-me diante dele e o puxei para trás. — O quê... Caramba! — Coloquei a mão na boca, transtornada. Meu coração estava disparado.

— Você está bem? — Segurou-me pelos braços e fitou meus olhos.

— E-eu... não sei. — Esfreguei o rosto e enchi os pulmões de ar para pensar direito.

— Dona Melissa, o que aconteceu aqui? — O porteiro se aproximou e esfregou a mão na cabeça, com os olhos arregalados. — Virgem Maria!

Virei-me para trás, notando que Lucas ainda estava caído no chão. Mordi o lábio. Por mais que odiasse olhar para ele, não podia deixá-lo ali.

*Deus, me ajude!*

— Olha, seu Inácio — falei para o porteiro, um homem de meia-idade, baixo e que tinha metade do cabelo grisalho —, o senhor pode me ajudar a levá-lo para dentro? — Indiquei com o queixo o paspalho caído no meio-fio. — Vou arrumar uma compressa de gelo.

Ele assentiu e ajudou Lucas a se levantar.

— O quê?! — Felipe falou e me virou para olhá-lo. — Eu não tô acreditando. Você vai ajudar esse *babaca*?

— Não posso deixá-lo jogado na rua, né?

Felipe balançou a cabeça em negação e me soltou.

— Ele tá bêbado — completei. Ele vincou as sobrancelhas. Fechei os olhos por um instante, respirando fundo, então o fitei outra vez. — Olha, desculpa ter te metido nessa confusão... Agora, eu acho melhor você ir embora e esfriar um pouco a cabeça. Depois conversamos com calma e eu te explico tudo.

Ele se afastou, passando as mãos pelo cabelo. A direita estava machucada. Em seguida, soltou uma risada desgostosa e disse:

— Claro. Esqueci que sou um penetra na história. Desculpa se me intrometi... — Subiu na moto e colocou o capacete.

— Felipe, não é isso, é que...

— Tchau, Melissa. Se cuida, tá?! — Fechou a viseira, deu partida e acelerou pela rua.

*Droga! Mais uma vez, Lucas apareceu só para estragar minha vida. Será que nunca terei paz?*

# Capítulo 35

Ajudei seu Inácio a levar Lucas até uma mesinha de cimento. Assim que o sentamos no banco, subi correndo para o apartamento.

Minha mãe estava na sala, dobrando roupas sobre o sofá. Ela se sobressaltou quando me viu. Antes que dissesse algo, fui direto para a cozinha e abri o congelador. Ela me seguiu.

— O que aconteceu? Que pressa é essa? E quem era o tal cara que estava te procurando? Você não me explicou.

— Calma, mãe. Eu te explico depois. — Peguei a forma de gelo e despejei os cubos em uma sacola plástica. — Agora não vai dar.

— Mas por quê? Garota! — gritou, enquanto eu descia as escadas.

— Depois te explico! — falei, alcançando o segundo patamar, e corri até a área de lazer.

Seu Inácio ainda estava com Lucas.

— Obrigada, viu?! — disse para o homem, que ajudava o paspalho a inclinar a cabeça para trás sem cair. Ofereci-lhe um pequeno sorriso, um pouco sem graça. — Desculpe pela confusão.

Ele balançou a cabeça negativamente.

— Não tem problema, menina. Mas você está bem?

Anuí com a cabeça e me aproximei para entregar a sacola de gelo para Lucas.

— Toma. — Joguei-a na mão dele, que resmungou algo inaudível, e olhei para seu Inácio. — Olha, pode deixar que eu me viro daqui. Mais uma vez, obrigada. E... só queria pedir ao senhor que não contasse nada para meu pai ou para os condôminos, sabe? Não quero assustá-lo. Vou conversar com ele mais tarde.

— Ah... sim, claro. — Ele acenou com a cabeça, depois olhou para Lucas. — Melhoras, rapaz.

Lucas ergueu o polegar para ele e o homem saiu.

Sentei-me no banco de frente para meu ex e cruzei os braços.

— Assim que o sangramento parar, você pode voltar pra casa.

Ele removeu a compressa de gelo do nariz e baixou a cabeça para me olhar. Seu aspecto era deplorável. Os olhos estavam vermelhos, o nariz sangrava e o cabelo estava bastante bagunçado.

Curvou os lábios de modo desgostoso.

— Não sei o que você viu nesse cara.

Suspirei.

— A frase certa seria: "não sei o que você viu *em mim*"... — Balancei a cabeça, em negação. — Conseguiu estragar até mesmo os sentimentos bons que eu tinha por você.

Ele cerrou a mandíbula e voltou a colocar o gelo no machucado. Depois, soltou o ar pela boca e deixou os ombros caírem.

— Eu sempre te amei, Melissa. Não entendo como a gente ficou tão distante...

Revirei os olhos.

— Por favor, pare de falar que me ama. Isso me irrita!

Ele voltou a me olhar e colocou a compressa sobre a mesa.

— Mas é verdade. Eu sei que errei, mas... — Esfregou a nuca. — Eu nunca menti a respeito disso.

Apertei os lábios e olhei para uma das árvores do parquinho.

— Eu já disse: quem ama não trai. Além disso, você foi um babaca comigo. Será que não percebe? — Voltei a fitá-lo.

Ele curvou os lábios de modo consternado.

— Desculpa — murmurou. Seus olhos pareciam sinceros.

Exalei de modo pesado e descruzei os braços. Na verdade, ao contrário do que imaginei, ao ver sua aparência tão horrível e seus olhos perdidos, eu não conseguia odiá-lo. A única coisa que sentia por ele era pena.

Sorri com pesar.

— Só me faça um favor: nunca mais apareça na minha vida de novo — falei com calma e me levantei. — Me esqueça. Siga em frente e pare de agir feito um *moleque*.

Ele engoliu em seco e levantou-se devagar. Encarou-me por alguns segundos com o cenho franzido.

— Tem certeza de que quer isso? — disse em um tom amargo. — Porque, depois que eu sair por aquele portão, você nunca mais vai me ver. *Nunca mais.*

— Tenho.

Ele contraiu a mandíbula por alguns segundos, antes de responder:

— Então, adeus, Melissa. — Apertou os lábios e passou por mim.

— Adeus — falei, com a voz fraca, e me virei para vê-lo se afastar.

Cambaleou um pouco, mas se recompôs e caminhou devagar até a portaria, sem olhar para trás. Assim que saiu, sentei-me no banco de novo e chorei.

Não por ele, mas por enfim perceber aonde minhas escolhas tinham me levado. Teria sofrido ainda mais se não fosse pela misericórdia de Deus.

Apoiei os cotovelos na mesa, uni as mãos perto do rosto e pedi perdão a Ele mais uma vez. Agradeci Sua bondade, depois supliquei que me ajudasse a perdoar o Lucas. Também roguei que Lucas refletisse sobre os erros e mudasse suas atitudes.

Em seguida, subi para o apartamento e expliquei tudo para minha mãe, que me abraçou com força.

— Que horrível! Graças a Deus você ficou bem. — Ela se afastou. — Mas e o Felipe, ele está bem?

Sentei-me no sofá e suspirei.

— Não sei. Ele pareceu meio chateado. — Curvei os lábios com pesar. — Deve ter entendido tudo errado. Mas eu não podia deixar o Lucas jogado na rua.

Ela sentou-se ao meu lado e assentiu, colocando a mão sobre a minha.

— Vai ficar tudo bem. Deus vai acalmá-lo.

Concordei com um aceno de cabeça e me virei um pouco de lado para fitá-la.

— Sabe, eu estava pensando… Acho que preciso contar tudo para o papai. Ele ainda não sabe. Sinto que devo isso a ele. Quero pedir perdão.

— Tem certeza? Ele pode ficar aborrecido.

— Uhum.

— Tá. — Ela franziu a testa, parecendo preocupada.

---

Depois que meu pai chegou, tomou banho e foi para a sala, sentei-me ao seu lado no sofá e lhe contei a verdade. Ele ficou bastante chateado no início e tive que pegar um copo de água para ele, que estava nervoso. Mas, depois de alguns minutos, se aquietou e me perdoou.

— Só me prometa que nunca mais vai fazer isso. — Olhou para mim com as sobrancelhas franzidas.

— Eu prometo, pai. Não quero mais errar com vocês, muito menos com Deus.

Ele me abraçou, ainda com as mãos tremendo.

— Não sei o que eu faria se algo de ruim te acontecesse.

— Não pensa nisso, tá? Eu tô bem, Deus cuidou de mim.

Ele afagou minha cabeça e beijou minha testa.

— Louvado seja o Senhor — falou baixinho.

Mais tarde, depois do jantar, enviei uma mensagem para Felipe, perguntando se estava bem. Ele demorou para responder e só enviou um "uhum". Achei melhor não insistir, já que parecia chateado. Só pedi a Deus que nos ajudasse a resolver aquele mal-entendido.

# Capítulo 36

Já era sábado de novo e eu ainda não tinha conseguido falar com Felipe sobre o que acontecera. Estava bastante inquieta, com medo de tê-lo magoado. Afinal, ele também machucou a mão naquele dia, brigando por minha causa. No entanto, eu resolvi ajudar o Lucas.

Tudo ocorreu muito rápido e não pensei direito naquele momento. Talvez não devesse tê-lo mandado embora.

No domingo, após o dia fatídico, não consegui ficar nem um momento sozinha com ele. Sempre alguém requeria sua atenção.

Ele também parecia um pouco cabisbaixo e pensativo.

Conversei brevemente com Mari a respeito daquilo, e ela disse que ele tinha se aconselhado com o pai e orado, mas que estava um pouco arrependido de ter recorrido à violência.

Enquanto Mari e eu caminhávamos em direção à casa de Theo, para a aula de teclado e o ensaio, torci por uma oportunidade para conversarmos. O que poderia ser difícil, já que o pessoal da banda estaria lá também.

Foi Theo quem nos recebeu e nos levou até o estúdio.

Felipe estava sentado ao teclado, tocando-o distraidamente. Cumprimentei-o e ele abriu um breve sorriso, deixando-me um pouco aliviada.

— Ei, como está? — perguntou, enquanto Theo conversava com Mari perto da mesa de som.

— Bem... e você? — Apontei para a mão direita dele. — Como ela está?

— Ah... — Ergueu-a, dobrou os dedos e os desdobrou. — Está bem.

— Olha, sobre aquele dia, eu...

— Não, Mel, esquece isso — interrompeu-me e deu um sorriso acanhado. — Já passou. Agora, vamos focar na aula.... — Apontou para a cadeira diante do teclado.

Preferi não insistir no assunto, pois ele não parecia confortável, então assenti, contrariada, sentando-me na cadeira.

Pediu que eu mostrasse se havia praticado os exercícios que ele passara na aula anterior. Fiz isso e ele me elogiou, dizendo que estava indo bem. Depois, me ensinou mais algumas teorias musicais e aumentou a dificuldade dos exercícios.

Após algum tempo, conversamos perto da mesa enquanto esperávamos por Yago. Theo, no entanto, ficou um pouco afastado, mexendo na bateria. Parecia mais sério e quieto, o que estranhei.

Felipe, por outro lado, sorriu mais um pouco, abrandando minhas preocupações. Mari contava sobre os preparativos do seu aniversário, que ocorreria na semana seguinte. Seria em um hotel-fazenda, na cidade vizinha.

Em um dado momento, Theo se aproximou de nós.

— Cara, nada do Yago ainda? — Apoiou a mão no ombro de Felipe.

O primo balançou a cabeça negativamente.

— Ele não falou nada.

Theo respirou pesadamente e fechou o semblante.

— Então, bora começar sem ele. Senão a gente vai perder muito tempo. Te falei que precisamos terminar cedo.

— Beleza. — Felipe se levantou e Mari aproveitou a deixa para pegar o microfone do pedestal.

Quando estavam começando a primeira música, Yago passou pela porta, esbaforido.

— Boa noite, galera! — Tirou a capa com o baixo do ombro. — Foi mal o atraso.

Theo revirou os olhos.

— Diz isso toda semana... — resmungou.

— Quê? — Yago perguntou, tirando o instrumento da capa.

— Nada não. — Theo pegou as baquetas e deu mais uma ajeitada no prato. — Bora começar.

Yago afinou o baixo rapidamente e recomeçaram o ensaio. No meio da segunda música, porém, Theo parou, sobressaltando os outros.

— Cara, isso tá horrível! — reclamou.

— Tá mesmo. Bora fazer de novo — Felipe disse, depois olhou para Yago. — Tenta essas notas aqui no refrão. — Mostrou-lhe.

O amigo concordou e começaram a música de novo. Mas tiveram que repassar o mesmo trecho pelo menos mais três vezes, porque algo sempre parecia estar errado.

Mari suspirou e sentou-se na cadeira perto de mim.

— Gente, façam o instrumental aí, depois eu entro com a voz, senão fica cansativo pra mim.

Eles concordaram. Após ajustarem tudo, foram para a próxima música do repertório.

Contudo, de novo, tiveram que parar mais duas vezes. Na terceira, Theo bateu no prato com força e se levantou da bateria. Todos os olhares se voltaram para ele.

— Ah, não! Eu desisto. Yago, você acha que a gente tá de brincadeira?!

Yago colocou o baixo no apoio.

— Ih, qual é, Theo?

— Eu tô cansado dessa sua palhaçada! — Apontou a baqueta para Yago. — Você não se dá o trabalho de treinar em casa e ainda chega atrasado para ficar errando em todas as músicas! Qual é a sua desculpa agora? Porque a Lydia não serve mais como motivo!

— Oh, calma aí, cara! — Yago gesticulou para ele. — Deixa minha vida pessoal fora disso.

— Theo — Felipe disse em tom de reprovação.

— Fala sério, não me diga que você vai defender o cara! — Theo virou-se para o primo. — Ele só faz besteira, não leva nada a sério. Eu fico igual a um palhaço treinando para chegar aqui e ele ficar errando tudo? Tô cansado disso! — Largou as baquetas em cima da bateria e caminhou até o meio da sala.

Yago estalou os lábios.

— Se tá achando ruim, então eu vou embora. — Desligou o instrumento e pegou a case de volta para guardá-lo.

— Oh, ninguém vai embora, não! — Felipe segurou o ombro de Yago. — Você fica. — Depois olhou para Theo. — Cara, por que você não vai tomar uma água e depois volta com a cabeça fresca?

— Eu não tenho tempo para essa palhaçada, não, Felipe! — Theo se aproximou dele e esfregou o cabelo. — Do jeito que tá, a gente vai terminar o quê? Meia-noite?! Ou talvez amanhã! — Deu uma risada desgostosa.

Sentindo-me uma intrusa no meio daquilo, avisei Mari que iria ao banheiro e saí.

Olhei para o céu estrelado e respirei o ar fresco da noite. Estava me sentindo sufocada lá dentro.

Agora entendia o constrangimento de Felipe. Era horrível fazer parte da plateia enquanto as pessoas discutiam.

Fui para o banheiro da área gourmet e esperei por algum tempo, pedindo a Deus que os ânimos lá em cima se acalmassem. Assim que abri a porta e estava prestes a subir de novo, Theo desceu os degraus apressado.

Um homem de meia-idade, com o cabelo loiro em um corte moderno, abriu a porta de correr dos fundos da casa e deu de cara com ele. Parecia uma versão mais velha de Theo. Logo, imaginei que fosse seu pai.

Ao vê-lo, Theo cerrou os punhos e fechou o cenho. O homem usava uma camiseta azul e possuía uma expressão dura.

— Quando vai acabar esse ensaio? — disse em um tom áspero e cruzou os braços.

— Provavelmente já acabou — Theo respondeu, entredentes, sem olhá-lo nos olhos.

Envergonhada por presenciar aquilo, voltei ao banheiro e fingi abrir a porta de novo, fazendo barulho para que percebessem minha presença.

O pai de Theo se virou em minha direção, e o cumprimentei timidamente com um aceno de cabeça:

— Boa noite.

Ele ergueu a mão, acenando, e Theo olhou para mim.

Assim que cheguei perto da escada, Felipe desceu os degraus correndo. Aproximou-se do primo e cumprimentou o homem mais velho, que entrou na casa e fechou a porta atrás de si.

Subi um pouco os degraus, mas não pude evitar ouvir a discussão dos dois:

— Theo, você acha que tá certo, cara? Isso é rebeldia da sua parte! Eu sei que tá agitado, e entendo o motivo, mas isso não te dá o direito de descontar nas pessoas.

— Ah, é. Claro... *Minha rebeldia*! Não é o Yago que faz sempre tudo errado e não leva as coisas a sério! — ironizou.

— Não se trata disso, cara. O problema é que você não pode agir desse jeito, largar tudo e desistir de ensaiar porque tá irritado. Me desculpa dizer, mas foi uma atitude bastante infantil. E, embora você tenha razão, a perdeu quando agiu assim! — Felipe fez uma pausa e respirou de modo pesado. — Olha, eu sinto muito, mas vou ter que te deixar no banco por duas semanas para refletir sobre suas atitudes.

— Quê?! Você tá de sacanagem, né?! — Theo elevou a voz. — Engraçado, quando você deu um soco no nariz do namorado da Melissa, não ficou no banco. Agora eu tenho que ficar só porque estou prezando pelo funcionamento do ensaio?

Eu já estava quase na porta do estúdio, mas me virei ao ouvir meu nome.

Felipe se virou para trás, provavelmente para verificar se eu ainda estava ali, e me fitou por alguns segundos, com os lábios apertados. Depois, voltou-se para o primo de novo:

— Olha, deixa esse assunto de lado. Isso não te diz respeito.

— Por que não? É uma atitude mais justificável de ficar no banco. Mas você não ficou por quê? Pois é líder e filho do pastor, né?!

— Não tem nada a ver, cara! Não fala asneira! E depois a gente conversa sobre isso.

Inquieta, decidi descer a escada de novo e me intrometer:

— Na verdade, Theo, a culpa não foi do Felipe. Ele só me defendeu.

Felipe estremeceu ao me ouvir e se virou em minha direção.

— Olha, Melissa, é melhor ficar fora dessa — Theo advertiu, mas em tom baixo. — Não quero brigar com você, tá?

— Desculpa me intrometer, mas é que eu fui citada e sou testemunha do que aconteceu. Na verdade o Felipe ficou bem chateado depois que... bom, você sabe. — Engoli em seco ao me lembrar da expressão dele quando foi embora.

Felipe franziu as sobrancelhas.

— Não foi culpa sua... — falei para ele.

— Mel, olha...

— *Tá bom*, Felipe é um santo e eu sou o carrasco da história! — Theo o interrompeu rispidamente, fazendo-nos olhar em sua direção. — Beleza. Agora para mim chega. Quem não quer mais tocar sou eu! — Olhou para Felipe. — Quer me deixar no banco, *beleza*. Faça isso. Afinal, você pode tudo. Eu sou um *reles mortal*.

— Cara, não se trata disso! Para de falar besteira! Você sabe que não sou privilegiado *coisa alguma*. Só um adendo para seu conhecimento: eu *quis* ficar no banco, foi meu pai quem não deixou, porque o que aconteceu pode ser *justificável*. Já que, de certo modo, pareceu que ela estava em perigo... E, outra, você vai ficar no banco agora porque agiu feito um moleque! Pare de jogar a culpa dos seus erros sobre os outros e use as duas semanas para refletir sobre suas atitudes! — Felipe bufou. — Quer saber? Vou embora, chega por hoje.

Virou-se para mim, deu um sorriso consternado e avisou sua partida à irmã, que descia a escada naquele instante.

— Boa noite, galera. A gente conversa amanhã após o culto da manhã. — Deu-nos as costas e caminhou apressadamente pelo gramado.

Em resposta, Theo cruzou os braços e fechou a cara.

Mari se aproximou de nós.

— Ué, o que aconteceu? — perguntou, com as sobrancelhas arqueadas.

— Felipe me deixou no banco por duas semanas — o primo respondeu, desgostoso.

Yago desceu a escada e, ignorando a presença de Theo, olhou para Mari e eu.

— Vou nessa. Querem carona?

— Aceito — Mari respondeu.

Respirei fundo para organizar os pensamentos e enfim lhe respondi:

— Valeu, Yago. Mas tenho que rejeitar. — Virei-me para Mari. — Nos vemos amanhã.

Antes que ela falasse alguma coisa, corri atrás de Felipe.

# Capítulo 37

Quando cruzei o portão, ele já estava na calçada, a alguns metros de distância.

— Felipe! — chamei-o.

Ele parou e se virou para trás com as sobrancelhas erguidas. Alcancei-o, ofegante, e apoiei as mãos nos joelhos.

— Preciso... conversar com você — falei, erguendo-me para olhá-lo.

— Sobre o quê?

— É que... eu queria me desculpar por aquele dia.

— Mas eu disse que não pre...

Ergui a mão para interrompê-lo.

— Me deixe terminar, por favor. — Lancei-lhe um olhar suplicante e ele assentiu. Respirei fundo. — Sei que não foi sua culpa nem minha. Na verdade, aquela situação toda foi uma confusão. Eu não estava pensando direito... Bom, sei que ficou chateado porque ajudei o Lucas, mas eu não podia deixá-lo lá e...

— Ei, não precisa explicar nada. — Ele esfregou a nuca. — Na verdade, eu errei por ter agido com violência. Não queria ter batido no seu namorado, mas é que foi mais forte que eu, não consegui ficar quieto enquanto ele te ofendia. Me desculpe.

— Não, olha, você não precisa pedir desculpa por isso. Na verdade, eu mesma teria dado um soco nele, se pudesse. — Dei um sorriso divertido, o que o fez suavizar a expressão. — E... ah, o Lucas não é meu namorado. Nós terminamos há bastante tempo. Ele foi me procurar algumas vezes, mas não o aceitei de volta.

Felipe arqueou as sobrancelhas, parecendo surpreso. Em seguida as franziu.

— Mas... você ainda gosta dele, né?

Achei graça da ideia.

— Não, claro que não! Eu não sinto mais nada por ele. Além disso, descobri que... bem, ele me traiu com a ex. Então, não tem como rolar mais nada entre nós. Também pedi a ele que nunca mais me procurasse.

— Nossa! Eu pensei que...

— Eu sei. Desculpa ter te mandado embora naquele momento. É que talvez não ajudasse muito manter as duas partes no mesmo lugar e... sei lá, me pareceu a ideia mais sensata. Mas eu não queria te chatear nem nada. Na verdade, fiquei muito agradecida pelo que fez por mim, apesar do choque momentâneo. — Ergui a sobrancelha, com um sorriso brincalhão. — Não sabia que você era um cara de brigas.

Ele soltou um pequeno riso e olhou para os pés, meneando a cabeça.

— Não sou, na verdade. Faz séculos que não brigo com alguém.

— Humm, então já brigou de dar socos e pontapés, é? — brinquei.

Ele ergueu a cabeça novamente, segurando o riso.

Eu adorava ver aquela expressão de novo no rosto dele. Os olhos pareciam iluminados outra vez.

— Isso foi no meu passado sombrio, quando eu frequentava baladas e bebia para caramba. Mas faz bastante tempo que deixei essa vida...

Esperei que completasse, mas ele ficou em silêncio por alguns segundos. Então, parecendo perceber meu olhar curioso, franziu a testa e questionou:

— O que foi?

— Pensei que fosse me contar seu testemunho, ué — brinquei.

Ele esfregou a nuca.

— Tem certeza? É uma longa história...

— Uhum.

— Então tá. — Colocou as mãos nos bolsos e virou-se de lado, inclinando a cabeça em direção à calçada. — Vamos andando, te conto no caminho até sua casa.

Assenti, então ele se pôs ao meu lado e, enquanto caminhávamos, me contou que, quando morava em São Paulo, tinha vivido um tempo longe de Deus. Quis experimentar os prazeres que nunca experimentara. Assim, tinha frequentado muitas festas regadas a bebidas.

Em uma dessas, conheceu uma garota, por quem se apaixonou. Começaram a namorar, mas, quando ele decidiu voltar para a igreja, ela não gostou. Inconformada por ele não a acompanhar nas baladas, mandou-o escolher entre ela e a igreja.

— Claro que escolhi seguir Deus — ele continuou. — Então terminamos. Depois disso, nunca mais nos falamos e... Após alguns anos ela morreu em um acidente de carro. — Curvou os lábios de modo tristonho.

— Sinto muito.

— Não, tá tudo bem agora. Eu sei que fiz a melhor escolha seguindo o caminho do Senhor. Ele tem cuidado de mim todos os dias e me feito viver coisas incríveis que eu nem sequer sonhava em viver. Deus é sempre bom. — Ele sorriu.

— Verdade. E sabe de uma coisa?

— O quê?

— Eu gosto de te ver assim, animado. — Ofereci-lhe um sorriso. — Combina mais com você.

Ele riu e meneou a cabeça.

— Ai, ai, Girassol. Só você mesmo para melhorar o meu humor...

Ah, quão agradável era ouvir meu apelido de novo!

# Capítulo 38

O aniversário de Mari ocorreu na semana seguinte. Ni, sua mãe, meus pais e eu fomos juntos para o hotel-fazenda, que ficava na cidade vizinha. Um amigo do pai de Mari, que era o dono do lugar, deu passe livre para as atrações, como presente de aniversário.

A fazenda era encantadora. Possuía uma vasta área gramada e arborizada. Chalés ocupavam vários pontos no gramado central e o casarão principal era um enorme prédio de três andares, com charmosas varandas de madeira e pequenas jardineiras. As atrações eram pesca, visitação aos animais, parque infantil, piscina natural, dentre outras aventuras e gincanas.

A aniversariante nos recebeu com abraços e beijos carinhosos na área da churrascaria. Mari estava linda, com um vestido midi preto, de tecido leve e florido, o cabelo cacheado semipreso para trás, com um prendedor de pérolas decorando-o na lateral.

Os pais dela ficaram felizes quando nos viram. Havia parentes dela também, como os pais de Theo, que conversavam com outras pessoas que eu me lembrava da igreja. Meus pais e a mãe de Ni se juntaram a eles, cumprimentando-os.

Theo e Felipe se aproximaram de nós. Os dois pareciam animados. Fiquei feliz por vê-los bem de novo. Soube que tinham conversado depois daquela discussão e resolvido os atritos.

Além disso, o doidinho do meu amigo havia me pedido desculpas no domingo por ter falado comigo daquele modo. Explicou que estava um pouco nervoso por causa de problemas pessoais e, por isso, tinha descontado nos outros. Deixei claro que o compreendia e não havia ficado chateada.

Era bom que aquele clima estranho tivesse se dissipado do nosso meio.

— E aí, Mel! — Theo me deu um soquinho na mão. Esse tinha se tornado nosso cumprimento oficial. Em seguida, olhou para Ni e abriu um sorriso. — Olá, Stephanie. Que milagre aparecer por aqui! — imitou a Dona Florinda, fazendo um floreio com a mão, e eu ri.

Minha amiga segurou o sorriso.

— Oi, Theo! Como vai?

Ele sorriu e ajeitou uma mecha loira para trás.

— Muito bem, muito bem.

— Oi, Girassol. — Felipe sorriu para mim e depositou um beijo na minha bochecha. — Como tá?

Sorri, sentindo a bochecha aquecida.

— Bem — respondi baixinho.

Felipe acenou com a cabeça, guardando as mãos nos bolsos da bermuda cinza.

— Ah, Mari, já ia me esquecendo... — Estendi a sacola com o presente para ela. — Espero que goste.

Ni também entregou seu presente: um vestido de bolinhas que havíamos comprado juntas.

— Obrigada, meninas! — Mari pegou os pacotes e os abriu. — Ah, que lindo! É do jeitinho que eu gosto. — Estendeu o vestido à frente do corpo e fez pose, arrancando-nos risadas. Em seguida, pegou a caixinha com o colar de pingente de coração que eu lhe dera e sorriu para mim. — Eu amei, amiga!

Ela o prendeu ao pescoço e saiu empolgada para mostrar à mãe. Voltou, enquanto Felipe nos guiava até uma mesa grande, e nos sentamos juntos.

Yago chegou em seguida. Abraçou Mari e virou-se para nós.

— E aí, galera! — Abriu um sorriso. Todavia, assim que viu Theo do meu lado, fechou o semblante e o cumprimentou em um tom polido: — Oi.

— Oi. — Theo desviou os olhos e bebeu um gole de refrigerante, parecendo inquieto.

Yago prendeu os lábios, deu a volta na mesa e sentou-se na outra ponta, longe dele. Pelo que parecia, ainda não tinham se resolvido.

Percebendo o clima tenso, Felipe, ao lado de Yago, puxou um assunto aleatório e os olhares se voltaram para ele.

Assim que a tensão sumiu, Theo fez várias piadas, como de costume, nos fazendo rir bastante. Até mesmo Ni começou a se soltar um pouco, rindo vez ou outra e conversando sobre trivialidades com ele, que a enchia de perguntas. Mari trocou olhares cúmplices comigo, percebendo a aproximação entre eles. Seria bom se eles se dessem bem.

Depois do almoço, Mari se afastou para trocar de roupa, a fim de aproveitar as atividades.

Enquanto Ni se enturmava com meus amigos, contando sobre as pessoas doidas que visitavam o escritório onde estagiava, o pai de Theo se aproximou da mesa e nos cumprimentou com um breve sorriso.

— Não vai me apresentar aos seus amigos? — Colocou a mão sobre o ombro do filho.

Theo olhou para ele.

— O senhor já conhece o Felipe... — Virou-se brevemente para Yago, curvou o canto da boca de um modo consternado e apontou para ele. — Esse é o Yago, da igreja. — O pai ergueu a mão para cumprimentá-lo. Theo desviou os olhos para mim e para Ni e nos indicou com o queixo. — Melissa e Stephanie.

— Prazer, meninas — deu um sorriso simpático —, meu nome é Roberto, sou o pai do Theodoro. Fico feliz em conhecê-los.

Meu amigo apertou os lábios.

— Theo, pai — disse em um tom áspero, sem olhá-lo. — Já falei. Eles não me conhecem por *esse nome*.

— Pois deveriam. Foi o nome do meu pai. E você deveria honrá-lo, em memória do seu avô.

Theo revirou os olhos e bebeu mais um pouco do refrigerante, parecia incomodado. O mais velho pareceu não perceber sua reação, pois sorriu novamente.

— É um nome bonito — Ni comentou. — Bem diferente.

Theo olhou para ela com as sobrancelhas erguidas. Ela lhe ofereceu um sorriso e deu de ombros.

— Bom, vou deixar vocês à vontade — o pai dele falou. — Boa festa. — Deu uma batidinha no ombro do filho, fazendo-o olhá-lo. — Sua mãe e eu vamos embora daqui a pouco. Sua irmã está um pouco inquieta. Vê se não vai tarde para casa — disse-lhe, em tom de censura, e se retirou para a mesa ao lado.

Theo se recostou na cadeira e soltou um suspiro. Parecia um pouco tenso, mas ficou em silêncio.

Logo em seguida, Mari voltou, vestida com um short de alfaiataria preto, uma blusa lilás bordada e tênis nos pés. Então, o primo sugeriu que fôssemos para o lago e competíssemos no remo, o que nos pareceu uma boa ideia.

Como cada canoa só comportava duas pessoas, fiz dupla com Felipe, enquanto Mari fez com Yago e Ni com Theo. Ni queria ter ido com Mari, mas, como Yago e Theo ainda estavam sem se falar, elas decidiram se separar.

Theo com certeza ficou satisfeito com a divisão.

Sentei-me atrás de Felipe e fiquei observando seu perfil enquanto remava. A pele parda sob a camiseta branca parecia mais dourada à luz solar.

O dia estava agradável e o lago brilhava, refletindo o Sol. Sorri, agradecida por estar ali com ele... e com meus amigos também, claro.

Ele olhou para trás e sorriu, fazendo a pinta na bochecha esquerda se erguer. Meu coração saltou.

— Vamos, Girassol! Força!

— Tô tentando. — *Me concentrar...*

Respirei fundo para acalmar o coração e foquei na plataforma que nos esperava do outro lado do lago. Usei toda minha energia para remar.

Chegamos primeiro e Felipe se virou para trás para bater na minha mão, enquanto Mari e Yago se aproximavam.

Olhei na direção de Theo e Ni. Os dois remavam mais devagar e estavam rindo. Sorri, torcendo para que se entendessem.

— Girassol? — Felipe falou suavemente, e me virei para olhá-lo. — Quer ir à tirolesa?

— Hum... Não sei. — Apertei os lábios.

Tinha ouvido falar que ela era bem alta.

— Vamos! — Felipe abriu seu sorrisão. — Te prometo que vai ser legal.

Mordi o lábio repreendendo o coração por disparar de novo e, em um impulso, concordei.

# Capítulo 39

Minha barriga gelou assim que cheguei à plataforma, já que ficava a cerca de dez metros do chão. Por outro lado, a paisagem ao redor era impressionante. Podíamos ver a copa das árvores que ocupavam boa parte do lado direito da fazenda e o gramado que se estendia pelo lado esquerdo até as colinas.

Os guias responsáveis nos ajudaram a colocar os equipamentos de segurança e estava quase chegando a nossa vez. Segurei-me na balaustrada de madeira da plataforma, minhas pernas tremiam. Já não tinha mais certeza se deveria descer aquela tirolesa quilométrica.

— Mel, você está bem? — Felipe perguntou, e ergui os olhos.

— Não sei, eu... — Olhei para baixo e senti um arrepio na nuca. — Não sei se consigo ir.

— Ah, não me diga que você vai desistir agora... — Aproximou-se e apoiou a mão sobre a minha. — Não precisa ter medo, Girassol. É seguro e você vai gostar. A sensação é maravilhosa.

Fixei meus olhos nele. Seu sorriso era tão bonito... O cabelo tinha um cheiro muito agradável de frutas cítricas. E a íris castanha... Meu Deus, era linda! Tinha uma leve nuance de verde na borda externa. A pequena pinta sob o olho esquerdo, a mandíbula angulosa delineada pela barba fina e os lábios... os lábios carnudos e... *Qual sabor eles teriam?* Meu coração bateu descompassado.

— Hã... Mel? — chamou-me suavemente, então percebi que eu ainda o estava encarando como uma pateta.

Tossi, engasgada com a saliva, e virei o rosto. *Será que ele percebeu que eu o estava observando com esse tipo de curiosidade e... desejo?* Senti a pele do rosto queimar.

— Você está bem?

— Ah, hã... Sim. — Voltei a olhar para ele, envergonhada.

— Está na nossa vez. — Ele apontou com o queixo para o guia que olhava para nós.

Engoli em seco e assenti com a cabeça, percebendo que a mão dele ainda estava sobre a minha. Dei um passo para trás, me desvencilhando.

*Droga, Felipe! Por que você faz isso comigo?*

— Então, vocês vão sozinhos ou em dupla? — o homem perguntou, olhando-nos com impaciência.

— Quer ir em dupla? — ele me perguntou, de modo gentil.

Olhei de volta para aquelas íris brilhantes e assenti com a cabeça, sem conseguir pronunciar mais palavra alguma. Que pensamentos eram aqueles? Balancei a cabeça para afastá-los, enquanto o homem nos prendia aos cabos.

Quando acabou de nos orientar, Felipe me perguntou, sorrindo novamente:

— Pronta?

Respirei fundo.

— Não totalmente. — Ri sem humor. — Mas vamos lá.

Felipe segurou minha mão e demos o impulso, descendo a tirolesa. O vento soprou meu cabelo para trás enquanto zumbia no meu ouvido.

A paisagem era ainda mais bonita olhando de cima. Felipe tinha razão, a sensação de descer a tirolesa era incrível. A adrenalina provocada pela velocidade me fez perder todo o medo e, no fim, eu já estava com vontade de passar por tudo aquilo de novo.

Voltamos caminhando e conversando. Uma brisa suave balançava as árvores e o cheiro de umidade das plantas era muito agradável.

Aproximei-me de um pé de hibisco vermelho e passei os dedos sobre as folhas, observando as estruturas da flor. Essas pequenas sempre me atraíam e me fascinavam.

— Você gosta mesmo de plantas, né, Girassol? — Felipe disse suavemente, e me virei para ele.

— Gosto. — Sorri. — Na verdade, sou apaixonada por elas.

Ele pôs a mão no bolso da bermuda e me olhou em silêncio, como se perscrutasse minha alma.

— O que foi? — perguntei, curiosa com o que ele estava pensando.

— Nada. Só acho interessante.

Não perguntei o que ele quis dizer com isso e apenas voltei-me para o hibisco.

Felipe abaixou-se ao meu lado, pegando uma flor do chão, e ergueu-se novamente. Esticou a mão e afastou suavemente meu cabelo, colocando-a atrás da minha orelha. Em seguida, sorriu. Curvei os lábios e abaixei os olhos para nossos pés, com tênis quase idênticos.

— Girassol… — chamou-me devagar. Levantei o rosto para encará-lo. — Você vai estar livre no feriado da cidade, na sexta?

— Sim — respondi, com certa expectativa.

— Então… Topa fazer um passeio?

— Para onde?

Ele pôs as mãos nos bolsos e curvou os lábios.

— Tem um lugar que talvez você goste de conhecer.

— Não posso saber onde?

— Não, é surpresa! Mas tenho certeza que vai gostar.

A suavidade no seu olhar e a forma como estava sendo ainda mais gentil comigo aqueceram meu coração. Dei de ombros e respondi, sorrindo:

— Tá bem, eu vou.

Nos reunimos no gramado no fim da tarde. Felipe pegou o violão que levara e Theo, o *cajon*. Fizemos um pequeno culto a Deus, compartilhando a Palavra e entoando louvores. Também cantamos parabéns para Mari e, depois de comermos bolo, eu e meus amigos nos sentamos embaixo de uma árvore e cantamos mais.

No meio disso, Felipe começou a fazer um dedilhado suave e cantou uma música muito bonita. Era afinado e parecia imerso nela. Em alguns momentos, nos entreolhamos. Ele sorria. Ondas elétricas percorriam meu peito. Mas o que mais me deixou em conflito foi a letra da música que uma hora parecia um louvor e outra, uma declaração para mim:

*"Seu coração é o lugar*
*Que eu quero estar, eu quero estar*
*Ouvir o som que ele faz*
*Eu quero estar junto de ti"*

Ele cantava esses versos enquanto olhava para mim. Talvez estivesse delirando, mas queria que fosse o que eu estava imaginando.

Quando decidiu deixar o violão de lado, os outros foram para suas mesas, e ele sentou-se ao meu lado sob a árvore.

— Qual era o nome daquela música? — perguntei.
— "Metade de mim", da banda Rosa de Saron. — Ele sorriu e me olhou. — Gostou?
— Uhum. — Assenti com a cabeça. — A letra é muito bonita. É um louvor?
Ele curvou o canto dos lábios.
— É uma letra poética, você pode interpretar da forma que quiser. — Recostou-se na árvore, olhando para o céu tingido de laranja e vermelho pelo entardecer.
Fiquei observando seu perfil. Parecia imerso em pensamentos.
— Felipe! — chamei-o. Ele voltou o rosto para mim. — Qual é a forma que você interpreta essa música?
Ele sorriu.
— Eu...
— Felipe, cara... — Theo disse, ofegante, caminhando em nossa direção. O rosto estava pálido. — Aconteceu... A minha mãe, ela...
Felipe se levantou, e eu fiz o mesmo.
— Fala com calma, Theo! — Apoiou as mãos nos ombros do primo. — O que aconteceu?
Theo respirou fundo, na tentativa de se acalmar. Estava nitidamente nervoso.
— É que meu pai ligou... A minha mãe caiu da escada e bateu a cabeça. Ela ficou desacordada e... eu não sei, só sei que a levaram para o hospital.
— Calma, Theo. Vai ficar tudo bem. Confia em Deus.
— Por favor, cara. Eu... Eu não sei o que fazer. — Theo olhou para ele com os olhos marejados. — Será que você pode me levar ao hospital? Eu não sei se estou em condições de dirigir. — Olhou para as mãos trêmulas.
— Claro, irmão. — Felipe apoiou as costas do primo. — Fica calmo. Respira.
Acompanhamos Theo até os outros e Felipe lhes contou a notícia. Todos ficaram muito preocupados, até Yago deu um abraço no amigo, parecendo esquecer os atritos.
Assim que eles saíram, oramos pela vida da Renata. Pedimos a Deus que cuidasse dela e que logo acordasse, sem qualquer sequela. A festa acabou em seguida.

# Capítulo 40

Felipe me contou que sua tia estava melhor e tinha acordado. Também fizera tomografia e tudo estava normal, sem qualquer lesão cerebral, a não ser um corte na parte de trás da cabeça. Pelo que os médicos disseram, ela ficaria bem. Fiz uma breve ligação para Theo. Parecia mais calmo, o que me deixou aliviada. Ofereci meu apoio e minhas orações, e ele agradeceu.

Felipe e eu conversamos durante toda a semana. Ele confirmou nosso encontro para a sexta-feira, feriado municipal de Nova Hortênsia, mas não quis dizer para onde iríamos. Questionei-me o porquê de tanto mistério. Não gostava muito de surpresas pré-avisadas, porque isso sempre me fazia sentir um pouco fora do controle e, portanto, inquieta. Também queria saber qual teria sido a interpretação de Felipe sobre aquela música. Mas não tive coragem de perguntar de novo.

Continuava orando sobre isso, mas Deus me fazia aguardar em silêncio, mesmo que a dúvida me incomodasse. Era um verdadeiro teste de paciência para mim. Porém, confesso que não era tão ruim.

Esperar no silêncio de Deus é como plantar uma semente. No início, parece durar uma eternidade. Mas, mesmo assim, você espera, porque confia que algo de bom está crescendo.

Na sexta-feira, acordei antes que o celular despertasse. Virei-me para ver a hora no aparelho sobre a mesinha de cabeceira e descobri que eram apenas oito horas da manhã. Fechei os olhos e tentei voltar a dormir, mas não consegui. Então me levantei e abri a janela.

O Sol dava sinais de que aquele seria mais um dia quente. Dei um bom-dia para o Girassol e fui para a sala.

Meus pais já estavam acordados, tomando café à mesa. Cumprimentei-os e minha mãe brincou dizendo que era um milagre eu estar acordada tão cedo, ainda mais no feriado. Fiz careta para ela e tomei o café em silêncio. Assim que terminei, fui para a varanda da sala tomar um pouco de ar.

O céu estava em um tom vivo de azul. Apoiei-me no guarda-corpo e deixei a mente viajar pelo tempo. Lembrei-me dos momentos que havia tido com Felipe até ali. Sua companhia me fazia bem. Mas não queria sentir o que estava sentindo. Com certeza, me decepcionaria de novo. Respirei fundo e orei para Deus acalmar meu coração.

Algum tempo depois, recebi uma mensagem:

**Felipe**

> Bom dia, Girassol! Tenho uma boa notícia e uma não tão boa assim. Qual das duas você quer receber primeiro?

Oh, Deus! Uma notícia não tão boa? Será que ele iria cancelar nosso encontro?

*Encontro.*

Não, não. Não era um encontro, era um passeio.

Ou era?

Chacoalhei levemente a cabeça para espantar os pensamentos sem sentido e entrei na sala. Digitei a resposta e me joguei no sofá, apertando o aparelho contra o peito e desejando que nosso *passeio* não fosse cancelado. Não depois de passar a semana inteira pensando nisso.

> Bem, qual seria a "não tão boa"?

Meu celular vibrou segundos depois.

> Meu pai vai usar o carro hoje, não dá pra irmos nele. Podíamos até ir de moto, só que você não gosta. Então, o que faremos?

> Não tem outro modo de irmos?

> É meio longe, não dá para ir andando ou de bicicleta. Você quer cancelar ou deixar para outro dia?

Respirei fundo. Nunca andara de moto e achava que seria perigoso, mas cancelar também não estava nos meus planos. Eu queria conhecer esse *lugar misterioso*.

> Não sei... Mas e qual é a boa notícia?

> O dia parece que vai ficar ensolarado e não há previsão de chuva. Não correríamos perigo de nos molharmos (caso fôssemos de moto).

Pensei, pensei, pensei. Talvez estivesse na hora de enfrentar mais um medo. Por que não? Mas antes eu precisava me certificar de uma coisa.

> Você promete que vai devagar? Eu nunca andei de moto, como você deve imaginar.

> Isso é um sim?

> Só se você prometer ir devagar.

> Eu prometo. Com todas as letras: PROMETO IR DEVAGAR :D Te vejo às 15h.

Felipe chegou pontualmente. Desci correndo as escadas do prédio e o encontrei na portaria, encostado na moto. Segurava o capacete preto na mão e sorriu ao me ver.

— Oi, Girassol! Preparada para superar seus medos?

Torci os lábios, segurando um sorriso.

— Não força muito, senão acabo desistindo.

— Não falo mais nada, então. — Deu uma piscadela.

Seu cabelo, parecendo ainda úmido, estava um pouco bagunçado, provavelmente por causa do capacete. Usava uma camiseta cinza com estampa NEW YORK CITY e uma bermuda preta. Nos pés, os famosos tênis pretos. Eu também estava usando os meus, então sorri.

— Somos quase gêmeos com esses tênis. — Apontei para nossos pés.

Ele deu uma risada.

— Nós combinamos em muitas coisas, não acha?

— Muitas coisas? Em quais outras nós combinamos?

Felipe pendurou o capacete no guidão da moto, apoiou as mãos sobre o banco e cruzou os pés apoiados no chão.

— Ah, por exemplo, o seu gosto por música e pela natureza. Eu também gosto dessas coisas.

Concordei com a cabeça e abri um pequeno sorriso.

— É, você tem razão.

Ele sorriu também. Retirou um capacete vermelho do outro lado do guidão e o estendeu para mim. Peguei-o e ele me instruiu:

— Preciso que você siga algumas regras simples para nossa segurança, ok?

Fiz "sim" com a cabeça. Ele me explicou que eu deveria ter cuidado com o cano de descarga e me ensinou como subir ou descer do veículo, sempre do lado contrário do cano. Explicou-me também como me comportar em uma curva.

— Certo.

— Pronta?

Passei a mão pela alça da minha bolsa de ombro.

— Acho que sim.

Felipe colocou seu capacete e eu, o meu. Subi na moto após ele, tomando cuidado com o cano de descarga.

— Segura nas alças do banco ou na minha cintura para não cair — recomendou, ligando o motor. — O que você achar melhor.

Apreensiva por segurar na sua cintura, decidi segurar nas alças. E saímos em direção ao lugar surpresa.

Ele acelerou mais e fiquei com medo de cair. Em um impulso, envolvi os braços em sua cintura, apoiando a cabeça sobre suas costas. Sua respiração parecia agitada, mas ele ficou em silêncio.

O vento zumbia conforme batia no capacete e refrescava meus braços descobertos. Felipe não pilotava muito rápido, então acabei relaxando um pouco à medida que saíamos da cidade e entrávamos na rodovia.

Árvores de médio porte, campos e montanhas passavam ao nosso redor. Alguns animais pastavam nos campos. E havia plantações de laranja e café nas encostas de algumas colinas. O Sol estava a pino e algumas nuvens finas e esparsas concediam ao céu azul pinceladas de branco.

Depois de algumas curvas, Felipe entrou em uma estrada de terra, saindo da rodovia. Ainda não tínhamos chegado à cidade vizinha, então aquelas terras provavelmente ainda pertenciam a Nova Hortênsia. Dez minutos cercados por mais árvores e campos, até que avistei o nosso destino no alto de uma colina.

Uma estrada de paralelepípedos subia de um portão branco aberto, onde havia a placa "HORTO FLORESTAL BELLA OSMARY", e seguia até o alto da colina, onde havia uma construção antiga, bem no centro do local.

Felipe reduziu a velocidade para entrar e subimos a estrada para a colina. Paramos no estacionamento do lado esquerdo, próximo a onde ficava a construção principal, e Felipe me ajudou a descer da moto. Removi o capacete e fomos até a construção. Parecia um casarão de fazenda do século XIX (ou de algum período anterior). Sua enorme estrutura de dois andares, pintada de amarela, era repleta de janelões retangulares de tom azul-escuro e emolduradas em branco. No centro, uma escadaria conectava o jardim central à porta azul do casarão. Ele tinha um formato circular e estava repleto de hortênsias de cores variadas.

— Girassol, seu cabelo tá todo bagunçado. — Felipe deu risada, me despertando da contemplação do ambiente.

Passei a mão pelo cabelo para tentar arrumá-lo.

— Deve ter sido o capacete, *bobinho*. O seu cabelo também tá bagunçado, só para você saber. — Curvei o canto dos lábios em provocação, enquanto ele passava a mão no topo para ajeitar as ondas rebeldes. — Para ser exata, está assim desde que saímos do condomínio.

— E você nem para me avisar!

Dei de ombros.

— Que diferença ia fazer? Ele ia ficar todo bagunçado de novo.

— Ah, é? Então pra que arrumou seu cabelo? Ele ia ficar todo bagunçado de novo! — Estendeu a mão e bagunçou o topo do meu cabelo, rindo.

— Ei! Você acha isso legal, é? Peraí! — Aproximei-me dele e também bagunceei seus fios, que ainda estavam um pouco úmidos.

Felipe tentou arrumá-los, mas eu os bagunceei novamente. O cabelo dele ficou parecendo o pelo de um cachorro molhado que acabara de se chacoalhar. Dei risada e Felipe me encarou, torcendo os lábios.

— Tá achando engraçado, é, Girassol? — Aproximou-se e cutucou abaixo da minha costela, provocando cócegas. Comecei a rir freneticamente e a me contorcer enquanto ele me cutucava. Tentei desviar, mas ele era mais rápido.

— Na-Não. Por fa-vor. Não. Pa-para. — Meus olhos ardiam de tanto rir.

— Você não estava rindo do meu cabelo?

— Não fa-faço mais. Por favor. Pa-ra. E-eu me rendo. — Ergui as mãos, contorcendo-me, quase sem fôlego.

Ele parou e eu apoiei as mãos nos joelhos para respirar. Depois de alguns segundos, ergui-me e olhei para ele. Felipe estava com um sorriso travesso no rosto.

— Viu como é legal rir dos outros? — provocou.

Apertei os lábios e dei-lhe um tapa no braço.

— Isso foi jogo baixo. E foi você quem começou a bagunçar meu cabelo!

— Tudo bem, me desculpe, então. Mas você mereceu.

— Mereci nada. — Cruzei os braços. — Só estava me defendendo.

— Você riu de mim, Girassol!

Olhei para o cabelo dele, ainda todo espetado e desalinhado. Soltei uma risada.

— Mas tá engraçado. Se você pudesse ver, iria concordar. Ainda mais que ele tá meio úmido.

Felipe torceu os lábios e passou a mão pelo cabelo, tentando jogá-lo para trás, mas alguns fios permaneceram rebeldes.

— Deixa eu arrumar. — Aproximei-me, estendendo a mão, mas ele afastou a cabeça.

— Você vai bagunçar de novo, né? — Levantou uma sobrancelha.

— Não vou. Prometo. — Segurei um sorriso. — Deixa de ser desconfiado.

Ele semicerrou os olhos.

— Se você bagunçar, não tem problema, já sei seu ponto fraco!

Ri e dispensei com as mãos.

— Não, chega de cócegas!

Aproximei-me novamente e, dessa vez, ele deixou que arrumasse seu cabelo, abaixando-se na minha direção. Ajeitei os fios rebeldes enquanto ele me observava.

— Você não seca o cabelo não? — perguntei.

— Pra quê? Ele vai secar sozinho.

Terminei de arrumar e afastei a mão.

— Queria ser prática assim. Se eu não arrumar o cabelo, ele fica todo frisado por causa das mechas. Às vezes eu sinto vontade de voltar à cor natural.

— Eu acho que assim combina mais com você.

Ergui as sobrancelhas.

— E combina com seu apelido: Girassol — continuou.

— Você dá cada explicação para as coisas, Felipe... — Achei graça.

Ele deu de ombros.

— Para mim faz sentido. Mas vamos! Temos muito a conhecer por aqui. — Segurou minha mão e subimos a escada.

O casarão funcionava como uma espécie de museu ou centro histórico do horto. No primeiro andar, havia placas e banners com fotografias antigas, contando a história do local. Tinha sido uma fazenda entre o final do século XIX e a metade do XX. A última herdeira tinha decidido transformar o local em um horto florestal em meados dos anos 1960. Por ser parte da história de Nova Hortênsia, a construção fora tombada pela prefeitura, tornando-a patrimônio histórico. Além disso, na propriedade havia várias espécies de plantas nativas ou plantadas pelos antigos proprietários, ainda no século XIX, que constituíam uma extensa área de vegetação.

No segundo andar, encontramos fotografias das espécies de plantas do local, além das cultivadas e vendidas em mudas, com breves explicações sobre suas características físicas, origem, local de adaptação e tempo de crescimento. Fiquei totalmente encantada. Poderia passar a tarde inteira ali.

— E aí, o que tá achando? — Felipe me perguntou e colocou uma mão no bolso da bermuda.

— Estou amando! Como você conhecia esse local?

— Ah, andei pesquisando sobre atividades de lazer em Nova Hortênsia e descobri o horto. Achei que você poderia gostar de vir aqui.

— Eu adorei! Foi uma ótima surpresa.

Ele abriu um sorriso.

— Fico feliz.

Li cada banner e quadro do local enquanto Felipe permanecia ao meu lado, observando-me. Quando já não havia mais o que ver, descemos até o jardim e nos dirigimos à área de produção de mudas.

Assim como no casarão, me encantei por estar rodeada por tantas espécies. A minha vontade era levar várias, mas comprei apenas uma muda de pitangueira, já que seria a mais fácil de levar na moto. Pensei em plantá-la no quintal de vovó Margarida. Ela certamente gostaria da ideia.

Depois disso, fomos para perto de um lago que havia no local e nos sentamos em um banco de madeira, de frente para ele. Inspirei, sentindo o cheiro da vegetação. Era confortante e especial para mim. Felipe não poderia ter escolhido um lugar melhor.

O dia estava quente e me senti agradecida pela sombra de uma pata-de-vaca.

— Aqui é lindo — comentei.

— Verdade, é lindo mesmo. — Ele sorriu para mim.

*Você também é lindo*, pensei, mas não comentei essa parte.

Voltei o olhar para o lago e senti uma brisa suave no rosto.

— Quer comer alguma coisa? — Felipe perguntou. — Tem uma lanchonete ali. — Apontou para o lado direito, onde havia um pequeno estabelecimento com estrutura de madeira.

— Acho que só vou querer uma água. Tô com sede.

— Tá bem, vou buscar e já volto. — Ele se levantou e foi até a lanchonete. Depois voltou com duas garrafas de água e dois picolés, estendendo um para mim. — Você gosta de chocolate, né?

— Gosto. — Sorri e peguei o picolé e a garrafa de água. — Obrigada. Não precisava.

— Tá calor e sei que gosta de sorvete. — Ele deu um sorriso esperto.

Apoiei a garrafa de água sobre o banco e abri o picolé para saboreá-lo, olhando para o lago.

— Ei, como vai sua tia?

— Ela está melhor. Já foi pra casa.

— Ah, graças a Deus! — falei, animada. — Será que eles se importariam se eu fizesse uma visita?

Ele provou o picolé.

— Acho que não. Tia Rê provavelmente gostaria muito de te receber.

Assenti e voltei a tomar meu picolé em silêncio, observando o lago.

— Ei, Girassol... — Felipe chamou minha atenção. — Quando você vai tocar na igreja, hein?

— Ah... Bem, eu estava pensando em tocar em dezembro, na primeira ou segunda semana. Acho que até lá já estarei um pouco mais confiante.

— Seria ótimo! Já vou avisar o meu pai para você não fugir. — Estava com um sorriso divertido nos lábios, o que me fez rir.

— Não vou fugir, tá? A verdade é que tenho me sentido muito bem ao tocar teclado. E aquela música que temos ensaiado, "Primeiro Amor", reflete um pouco da minha vida. Tenho cada vez mais vontade de estar com Deus, de cantar para Ele, sentir Sua presença...

— É bom ouvir isso. É o melhor lugar onde podemos estar. — Olhou para o lago com um sorriso no rosto.

Agora eu sabia o que era aquela amizade com Jesus sobre a qual ele me falara. Eu O sentia perto de mim e confiava n'Ele como nunca antes. Esse tinha se tornado meu refúgio seguro, minha paz mais completa. Não queria mais seguir outra direção.

— Obrigada — agradeci

Ele virou o rosto para mim.

— Por quê?

— Por me falar sobre seu relacionamento com Deus, por me inspirar a seguir em frente e a confiar n'Ele.

Ele sorriu.

— Eu só falo do que vivo, Mel. E a verdade é que você também me inspira — disse, e meu coração acelerou. — Também sinto muita admiração por você, pelo modo como se entrega com alegria e determinação. Isso é lindo!

Ergui as sobrancelhas. Não sabia que ele me via assim.

Não era bem quem eu costumava ser. Mas provavelmente Deus estava mudando isso em mim. Olhei para o céu e sorri, sentindo a brisa suave refrescar minha pele e balançar meus cabelos.

# Capítulo 41

Querido amor,

Há algum tempo, tenho aprendido a tocar teclado. E tenho me sentido diferente desde que comecei. É como se a música fizesse parte de mim e me trouxesse uma alegria que há muito tempo eu não experimentava.

Sabe, quando eu era criança, costumava cantar na igreja o tempo todo ou louvar em casa (principalmente com minha avó). Gostava de fazer isso, pois me trazia alegria. Mas acabei deixando que as coisas da vida me afastassem de Deus e consequentemente desses pequenos momentos.

Porém, desde que voltei a cantar e aprendi a tocar teclado, tenho sentido aquela alegria outra vez. Me faz bem e me sinto viva.

Você deve estar se perguntando o porquê de eu estar escrevendo isso. A verdade é que esses dias estava pensando em uma coisa. Enquanto orava a Deus, pedindo para te encontrar, pensei no teclado e achei que seria legal tocar para você algum dia. Quero tocar uma música de amor, como forma de gratidão por te conhecer.

Espero poder fazer isso. Quero olhar em seus olhos e ver qual será sua reação ao ouvi-la.

Vou aguardar por esse dia.

Com carinho,
Melissa

A verdade é que escrevi essa carta pensando em Felipe. Estava pensando nele mais do que devia. Pegava-me desejando que ele fosse o destinatário das minhas cartas, aquele que Deus tinha separado para mim.

Às vezes pedia a Deus para ver o meu amado em sonhos, e isso até acontecia, mas não conseguia ver seu rosto. O que eu queria mesmo era que Felipe aparecesse em algum. Só que eu havia decidido não me precipitar mais, então apenas esperava e orava para que Deus me mostrasse o caminho.

O girassol que ganhei estava com o capítulo voltado para a luz, e eu o observava enquanto tocava uma música suave no teclado. Era uma tarde de sexta-feira da última semana de novembro e o Sol estava quase sumindo no horizonte. Meu coração se aquecia e eu pensava no sorriso de Felipe, no quanto ele havia se tornado especial para mim.

Com os olhos naquela cena, conversei com Deus:

*Senhor, se for da Sua vontade que fiquemos juntos, me mostre, me dê um sinal. Se for ele aquele por quem tenho esperado esse tempo todo, que ele se declare para mim até o final de dezembro. Não quero mais ficar confusa com isso. Mas, se não for da Sua vontade, então tire esses sentimentos de mim. Não deixe que isso estrague nossa amizade, por favor.*

Terminei de orar e meu celular vibrou sobre a escrivaninha. Uma onda elétrica passou pelo meu peito. Será que a resposta já tinha chegado? Será que Felipe...

Peguei o celular depressa, mas descobri que era uma mensagem de Mari. Tentei ignorar a pequena decepção que senti.

**Mariana**

Amiga, posso te ver amanhã? Sinto saudade de conversar com você.

Claro. Onde?

Pode ser aqui em casa? Vou pedir para minha mãe fazer bolo de chocolate.

Pode, sim. Passo aí à tarde.

Voltei ao teclado e ensaiei a música que tocaria na igreja dali a três semanas, na segunda semana de dezembro.

A chuva caíra torrencialmente naquela noite, mas na manhã seguinte apenas chuviscava e a temperatura estava mais amena. Pensei em cancelar com Mari, mas também queria conversar com ela, passar um tempo em sua companhia. Sem contar que eu adorava o bolo de chocolate de Débora.

Então, quando a tarde chegou, peguei meu guarda-chuva e fui assim mesmo.

O cheiro de bolo recém-assado exalava por toda a sala quando cheguei. Fomos até a cozinha cumprimentar a mãe de Mari e voltamos à sala para conversar.

— Amiga, tenho uma novidade para te contar — ela começou.

— Qual? — Inclinei-me de lado no sofá.

— Estou pensando em me inscrever em uma universidade em Juiz de Fora, em Minas. Lá tem um ótimo curso de Fonoaudiologia e eu também teria onde morar, sem precisar ficar em república.

— Você vai me deixar de novo? Não acredito... — Torci o lábio.

— Sempre tão dramática! — Mari deu uma risada e segurou minha mão. — Mas, olha, eu vou voltar em alguns feriados e nas férias. Vocês também podem ir me visitar de vez em quando. Se eu conseguir a vaga, vou ficar na casa de uma tia do meu pai, então não terá problema se vocês quiserem me ver.

— Mas é em Minas Gerais, Mari! É outro estado, você sabe, né? Não é tipo ir daqui para a cidade vizinha.

— Eu sei. Mas vai dar tudo certo. Se for da vontade de Deus, eu vou; se não, não vou. Tenho orado por isso e sei que Ele fará o melhor.

Sorri para ela.

— Se é esse o seu sonho e se você pediu a direção de Deus, então nem tenho o que dizer. Fico feliz que esteja encontrando seu caminho.

Ela balançou a cabeça.

— Tô muito ansiosa por isso, mas quero confiar na vontade d'Ele.

Assenti.

— Eu também tenho aprendido a confiar mais em Deus, como você me falou. Tenho meus medos, mas ao mesmo tempo sinto que Ele me consola enquanto me entrego à Sua vontade.

— Você fala do seu coração?

— Uhum. Estou esperando em Deus para me mostrar a pessoa que Ele escolheu para mim. Não quero me precipitar de novo.

Ela sorriu.

— Talvez você até já tenha conhecido essa pessoa, mas ainda não percebeu. Franzi a testa.

— Como assim?

Ela deu de ombros.

— Talvez seja alguém que você já conheça, só não chegou a hora de estarem juntos. Uma hora tudo acontece. Deus tem um tempo certo para todas as coisas. E é Ele o maior autor do amor.

Curvei o canto dos lábios e balancei a cabeça.

— Mari, acabei de perceber uma coisa... Você é mais romântica e sonhadora que eu!

Ela deu risada, e eu a acompanhei.

— Toda vez que vejo vocês, estão rindo. — A voz de Felipe ecoou atrás de nós, e virei os olhos na direção. Ele desceu os degraus da escada. — Qual é a piada da vez?

— Ih, começou o intrometido! — Mari revirou os olhos e se ajeitou no sofá.

— Já começou a me ofender tão cedo? — Felipe estalou a língua e balançou a cabeça. — Vê se eu mereço essa irmã, Mel?

Dei mais uma risada.

— Vocês brigam, mas se amam.

Felipe beliscou a bochecha de Mari.

— Mas Mari me ama mais. — Sorriu e olhou para ela. — Né, irmãzinha?

Mari deu um tapa no braço dele.

— Isso dói, garoto!

Felipe riu, deu a volta e sentou-se do outro lado do sofá em formato de "L".

— Já contou para a Mel que você quer nos abandonar e ir pra Minas?

— Já — respondi, olhando para Mari. — Não acredito que ela quer me deixar de novo! — Fiz bico, de brincadeira.

Mari olhou para ele, depois para mim.

— Ótimo, agora eu tenho dois dramáticos para lidar! — Torceu os lábios.

Dei uma risada.

— Mas é verdade. E, sem brincadeira, vou morrer de saudades se você for mesmo.

— *Awn!* — Mari me abraçou de lado. — Também vou sentir sua falta, Mel. Mas prometo manter o máximo de contato possível.

Ela se afastou e sorriu, olhando para nós.

— E talvez nem sintam tanta saudade assim — ergueu uma sobrancelha —, já que vocês saem juntos o tempo todo e nem se lembram de mim! É raro quando consigo falar com a minha amiga sozinha!

Felipe se recostou no sofá, cruzando os braços, e revirou os olhos.

— Que garota ciumenta! Qual é o problema de sairmos juntos? Ela continua sendo sua *amiga querida*.

Sorri para ela e concordei com a cabeça.

— Sim, sempre serei sua *amiga querida*, como Felipe disse. — Olhei de soslaio para ele, brincando com o modo como proferiu as palavras.

Mari sorriu.

— Eu sei. Só estou brincando. A verdade é que aprovo os dois.

— Aprova o quê? — Franzi a testa.

Felipe tossiu do outro lado, como se tivesse engasgado. Olhei para ele, que apoiava uma mão fechada na boca e lançava um olhar indecifrável para Mari. Ela estava falando que nos aprovava como um... casal? Meu rosto aqueceu.

— Gente, vem lanchar! — dona Débora chamou, salvando-nos do constrangimento.

Nós nos levantamos como se nada tivesse sido dito e fomos para a cozinha em silêncio. Comemos bastante bolo — que, inclusive, estava maravilhoso! — e conversamos sobre vários assuntos.

Débora falou que seu coração estava um pouco apreensivo pela escolha de Mari de ir estudar em outro estado. Comentei que sentiríamos muita falta dela, mas que entendia que era seu desejo e esperava que ela alcançasse lugares altos e conquistasse muitas coisas. Minha amiga me abraçou, emotiva. Falei que oraria por ela, para que tudo seguisse o melhor caminho.

Sua mãe, também emotiva, falou que os filhos às vezes seguem os próprios caminhos e nossos olhos se encheram de lágrimas, como se Mari estivesse indo embora naquele instante. Foi Felipe quem animou o clima, brincando que agora finalmente teria a atenção só para ele, o que nos arrancou gargalhadas.

Ao fim da tarde, levantei-me e me despedi deles.

— Você precisa vir nos visitar mais vezes — dona Débora disse para mim, enquanto me acompanhava até a porta —, gosto muito da sua companhia.

Sorri, agradecida, e a abracei.

— Pode deixar.

Como a chuva havia aumentado, Felipe insistiu em me levar de carro para casa. Depois de muito tentar dizer que não precisava, sem sucesso de convencê-lo, me rendi e ele me deixou na portaria do condomínio.

Soltei o cinto e puxei a maçaneta.

— Obrigada, Felipe. Fica com Deus.

— Mel, deixa eu te perguntar uma coisa?

Soltei a maçaneta da porta e olhei para ele. A chuva escorria com intensidade no vidro atrás dele. Seus olhos pareciam cheios de um sentimento que eu não sabia decifrar.

— O quê?

— Você ainda escuta aquela playlist que te enviei?

— Sim, quase sempre. Por quê?

Ele abriu um sorriso suave.

— Acrescentei uma música esta tarde. Depois escute.

Balancei a cabeça em afirmativo. Ele me observou em silêncio. Não tirava os olhos dos meus, o que deixava o ar mais rarefeito dentro do carro.

— Bem, vou indo... — avisei, sentindo um incômodo na boca do estômago. — Nos vemos depois.

Desci do carro e parei sob a cobertura da portaria para vê-lo manobrar e ir embora. Meu coração palpitava no ritmo da chuva.

Subi as escadas do prédio e corri até o quarto para ver que música ele tinha acrescentado. Por que parecia tão misterioso quando me pedira para escutar?

Carreguei o link no celular, deitei-me na cama e coloquei os fones nos ouvidos. A música nova era "Presente de Deus", do Sergio Saas. Fechei os olhos, ouvindo o som suave de um dedilhar no violão. A letra era poética, parecia um louvor. Mas então... ela começou a falar de amor. Um amor... romântico.

*Meu Deus!* Será que era mesmo o que eu estava pensando?

*"Um presente de Deus é o amor*
*Um passeio no céu é o amor*
*Eu não posso seguir*
*Sem você*
*Sem poder*
*Sem viver*
*O nosso amor"*

Meu coração disparou e minha respiração ficou falha. Era isso mesmo que estava acontecendo? Ou eu estava imaginando coisas? Ele... Ele gostava de mim? *Ai, meu Deus!*

Coloquei a música para repetir várias vezes até que adormeci ali mesmo, com o coração aquecido e imaginando a possibilidade de Felipe ser o amor das minhas cartas.

Naquela noite, sonhei com ele. Andávamos de mãos dadas por um campo de girassóis. Dançava, dando rodopios, e meus cabelos balançavam ao vento. Felipe tinha o belo sorriso no rosto. E eu estava... feliz.

# Capítulo 42

Dezembro estava passando em uma velocidade extraordinária. A segunda semana havia chegado, era dia de tocar a música na igreja. Eu estava ansiosa. Não somente pela música, mas porque Felipe havia dito que precisava conversar comigo.

Desde que me enviara aquela música, eu não parava de pensar na possibilidade de ficarmos juntos, de ele ser aquele por quem eu esperava. Mas não havíamos tido a oportunidade de conversar antes. Era fim de semestre e estava apenas focada nos estudos. O que foi bom, porque eu havia ido bem em todas as disciplinas, inclusive em Bioestatística.

Também não tinha ido aos dois últimos ensaios deles. Só nos víamos na igreja rapidamente e depois meu pai me buscava na porta, por causa da chuva.

Fora isso, trocávamos mensagens todos os dias. Ele não tocara no assunto da música até aquele sábado. Disse que queria falar comigo depois do culto de domingo. Não tinha certeza se seria mesmo sobre isso, mas não podia evitar pensar.

— Vamos, Melissa! Vai se atrasar! — minha mãe gritou da sala.

Eu estava há horas me arrumando. Passei um tempão tentando escolher uma roupa, até que enfim liguei para Ni e ela me ajudou a me arrumar. Também iria conosco ao culto.

— Já vou! — Peguei a bolsa e me olhei no espelho pela última vez.

— Está linda — Ni falou. — Garanto que Felipe vai ficar babando. Agora vamos logo!

Fiz careta para ela e fomos para a sala.

Meus pais também assistiriam ao culto, então fomos juntos.

Quando chegamos e notei que a igreja estava começando a encher, estremeci. Talvez devesse desistir de tocar na frente de toda aquela gente.

Ni segurou minha mão.

— Nossa, que gelo! — reclamou por impulso e depois me olhou nos olhos. — Ei, não fica nervosa. Dê o seu melhor para Deus, afinal é para Ele que você está fazendo isso. Sinta Sua presença. Tenho certeza que vai ficar lindo.

— Obrigada, amiga.

Respirei fundo e sentamos no banco de madeira. Orei a Deus, entregando tudo nas mãos d'Ele, inclusive meu coração, e me senti mais calma. Mari e os rapazes se sentaram próximos de nós e os cumprimentamos.

Quando chegou minha vez de tocar e cantar, fui até a frente e me sentei ao teclado. Ajeitei o microfone no pedestal e olhei para meus amigos, confirmando que podíamos começar. Theo marcou o tempo para mim e iniciei. Pus meu pensamento em Deus e dediquei aquela letra a Ele. Era grata por tudo o que Ele tinha feito e ainda estava fazendo em minha vida. Senti o Seu amor, que preencheu o vazio do meu coração como uma inundação extraordinária. Sorri e também me permiti chorar em Sua amável presença. Aquele era o lugar onde eu deveria estar, nos braços do meu Amado e Eterno Amigo.

Ele, sim, era o maior Amor do mundo, um amor que não poderia ter recebido de mais ninguém. Porque era incondicional e preenchia todas as minhas lacunas.

*Te amo, Jesus!*, disse a Ele e sorri.

---

Meu coração estava palpitando cada vez mais forte enquanto Felipe tocava uma música na guitarra no fim do culto. Não conseguia evitar olhar para ele. Seu rosto estava alegre e ele parecia imerso na música, balançando a cabeça no ritmo animado.

Quando acabou, Mari veio até nós. Felipe, Yago e Theo ficaram arrumando os instrumentos enquanto conversávamos.

— Amiga, foi lindo! — ela disse e me abraçou.

— Ah... Eu me senti tão bem, tão... preenchida. Estou feliz. — Abri um sorriso para ela, que sorriu também.

— Está na hora de fazer parte do ministério. Nós cinco tocando e cantando juntos foi tão bonito, tão agradável!

— Concordo! — Ni comentou. — Sua voz é linda, Mel!

— Você acha mesmo? — Contive um sorriso.

Ela balançou a cabeça, confirmando.

— Vamos, meu pai quer falar com você. — Mari me puxou pela mão para perto do pastor João, que estava de pé ao lado da entrada. Olhei para trás, Felipe continuava guardando as coisas.

— Melissa, querida! — O pastor me deu um abraço de lado. — Estava escondendo o talento, né?

Encolhi-me com o comentário. Não achava que tinha o *talento* de que eles tanto falavam.

— Pai, fala pra ela que o senhor quer que faça parte do ministério de louvor — Mari pediu. — Ela não acredita quando nós falamos.

— É verdade. — Ele sorriu. — Seria uma bênção se você quisesse fazer parte do grupo. Ainda mais com Mariana prestes a ir pra outro estado. Precisamos de mais uma voz e também de alguém no teclado.

— Ah, não sei... — Olhei para Mari, que sorria e me incentivava a dizer sim. — Tudo bem, vou orar e depois falo com vocês.

— Eu já orei e sei que Deus quer isso, só falta você aceitar — Theo se intrometeu. Nem percebi que havia se aproximado.

Talvez Felipe também já tivesse terminado de arrumar as coisas...

Olhei para o púlpito. Mas ele agora conversava com um visitante. Um jovem de pele clara, de mesma estatura e talvez com quase a mesma idade que ele. Usava óculos e camiseta vermelha do Flash. Parecia deprimido, pelo modo como curvava os ombros e olhava para baixo. Felipe parecia aconselhá-lo ou consolá-lo. Não dava para ter certeza àquela distância.

— Mel? — Ni me chamou e olhei para ela.

— Oi?

— Você ficou calada do nada. O Theo te perguntou se você vai querer lanchar com eles.

— Ah... — Olhei para Theo. — Pode ser.

Mari, Theo e Ni conversaram sobre trivialidades, mas eu não prestava muita atenção no que diziam. Só pensava em conversar com Felipe e, talvez, descobrir se realmente gostava de mim ou se eu apenas imaginava coisas.

Mas minhas esperanças logo se desfizeram quando o pastor João solicitou a ajuda de Felipe com um assunto no gabinete e ele adiou nossa conversa para outro dia.

Depois de sair com o pessoal, voltei para casa bastante desanimada e me deitei na cama com a mente transbordando de pensamentos. Orei a Deus, pedindo para me acalmar.

Horas depois, antes de dormir, peguei o celular na bolsa, que estava na cadeira da escrivaninha.

**Novas mensagens recebidas (2)**
**Felipe**

> Ei, Girassol. Já foi dormir? Desculpe por hoje.
> Não pude conversar com você, como havia planejado.

> Mas espero fazer isso em breve, se você ainda quiser me ouvir.

Sorri, mais aliviada, e respondi:

> Estou acordada. E, claro, quero te ouvir, sim.

> Essa semana não poderei te ver. Vou com Mari a Juiz de Fora.
> Ela vai fazer a prova do vestibular e vamos visitar a tia do meu pai.
> Devo voltar somente na semana do Natal.

Joguei-me na cama, desanimada. Teria que esperar mais uma semana para tirar essa dúvida incômoda da minha mente (e talvez do meu coração).

> Tudo bem. Nos vemos na outra semana então.

> Vou sentir saudade e aguardar ansioso para te ver ;)

Meu coração deu um salto no peito e uma onda eletrizante o invadiu. Ele *sentiria saudade e aguardaria ansioso para me ver*. Sorri como uma boba para a tela.

> Eu também. Nos vemos em breve :)

## Capítulo 43

Na véspera de Natal, fomos novamente para a casa de vovó e passamos o dia todo preparando as comidas para a ceia. Minha mãe e tia Linda eram um pouco exageradas e, como acontecia todo ano, prepararam uma variedade enorme de comidas: frango, peru, farofa, maionese, arroz com especiarias, salada de lentilhas, pavê, pudim e salada de frutas. E ainda tinha rabanada e panetone (meus preferidos).

Apesar do trabalho que tivemos, foi bom passar aquele tempo com elas e com minha irmã, que tinha vindo com o marido dois dias antes. Algo que só as festividades de fim de ano poderiam proporcionar, devido à correria de nossas vidas.

A noite foi agradável e senti alegria por estarmos reunidos novamente. Meu pai fez uma oração de agradecimento a Deus por ter enviado Seu filho, Jesus, para nos salvar e por Seu amor. Depois comemos reunidos à mesa.

Enquanto eles conversavam na sala, fui para a varanda observar as estrelas e os fogos, e coloquei para tocar a playlist que Felipe fizera. Suspirei. Estava ansiosa para vê-lo.

— Ei, o que está fazendo aqui? — Minha mãe se sentou na cadeira de vime ao meu lado.

— Ouvindo música.

— Hum... sei. E por acaso está pensando naquele rapaz também?

Arregalei os olhos e tirei os fones.

— Que rapaz, mãe?

Ela se recostou na cadeira e começou a se balançar.

— Ué, aquele seu amigo... Felipe, né?

*Está tão na cara assim?*

— Como você sabe?

Ela deu risada e olhou para mim.

— Imaginei. Só queria uma confirmação.

Balancei a cabeça e prendi um sorriso.

— Vocês estão namorando?

— O quê?! Não, mãe. Somos só amigos... — Engoli em seco. — Bom, eu acho. Não sei se ele também gosta de mim. Na verdade, tô com medo de me iludir de novo.

Ela parou de se balançar e inclinou o corpo de lado.

— Ah, minha filha, já orou para saber qual é a vontade de Deus?

— Já, mas... sei lá. Tô muito confusa.

— Agora você precisa esperar. Não se precipite. Se for da vontade d'Ele, tudo vai ocorrer bem. Também me senti insegura quando conheci seu pai. Na verdade, eu não queria aceitar o amor dele no começo, porque não achava que éramos compatíveis. Mas, com o tempo, algo mudou dentro de mim. Até questionei a Deus se era mesmo da vontade d'Ele! Com o tempo, as coisas começaram a se encaixar. — Ela sorriu.

Não sabia dessa história deles. Sorri também.

— Além disso — continuou —, eu acho o Felipe um rapaz muito educado, inteligente e de boa família. Ele parece ser bem dedicado a Deus. Se vocês decidirem namorar, têm todo o meu apoio. — Ela aproximou o rosto do meu e sussurrou: — Acho que do seu pai também. Ele tem comentado como o Felipe parece ser um bom rapaz.

Soltei uma risada.

— Até ele? — Balancei a cabeça.

— Uhum. — Ela sorriu e se recostou na cadeira de novo.

— Mas... não sei se vamos namorar, né. Nem sei se ele gosta mesmo de mim.

— Se tiver que ser, vai acontecer. — Ela piscou.

— Obrigada, mãe.

Ela estendeu a mão e apertou a minha. Sorri e voltei a fitar o céu. Era bom poder ser sincera com ela.

Fomos para casa depois das duas da manhã e, assim que cheguei, mandei uma mensagem de "Feliz Natal" para Felipe. Fui dormir com um sorriso no rosto e sonhei com ele mais uma vez.

No dia do Natal, fomos almoçar na casa de vovó Margarida, que estava toda feliz por ter a casa cheia novamente. Ela adorava aquele movimento.

*Esperarei por Você*

No meio da tarde, fui ao quintal dos fundos com minha irmã para lhe mostrar a mudinha de pitangueira que eu havia plantado.

A barriga dela já estava grandinha e redonda, com cerca de seis meses de gestação. Seu cabelo castanho-claro agora estava cortado na altura do queixo e a pele pálida estampava um tom rosado. Era bom poder matar a saudade da minha irmã, não a via fazia quase um ano.

— Você adora plantas, né, maninha? — Helena disse, passando a mão na barriga.

Dei de ombros.

— Acho que puxei a vovó. E vou fazer meu sobrinho gostar delas também. — Aproximei-me dela e falei com a barriga: — Né, meu amor? Você vai ser meu jardineiro mirim. Vou te ajudar a brincar com terra e a sujar as mãozinhas de lama.

Ela riu e depois ergueu as sobrancelhas, alisando a barriga.

— Mel, ele tá chutando!

— Quê? É sério?

Ela pegou minha mão e a colocou sobre a barriga para que eu sentisse. Ele estava mesmo chutando, como se tivesse entendido minhas palavras.

— Ai, meu Deus! Mãe! MÃE! — gritei para ela, que estava na cozinha. — Corre aqui! O bebê tá chutando!

Ela apareceu correndo e logo os outros também apareceram, mas ele já havia parado. Ficamos ali, rindo emocionados.

Claro que me senti especial por ter sido a única a senti-lo.

Depois que a emoção passou e minha irmã se sentiu cansada de ficar de pé, eles foram para a sala.

Voltei para a varanda e me sentei no banco de madeira. Coloquei a música "To the moon", da Hollyn, no celular e fiquei pensando em Felipe — como fazia com frequência nas últimas semanas.

Senti o celular vibrar e desbloqueei a tela para ver a mensagem. Como se estivéssemos conectados de alguma forma, vi que era uma mensagem dele:

**Felipe**

Oi, Girassol. Como está sendo o Natal?

> Muito bom. E o seu?

> Bom também. Na verdade, eu estava pensando em você. Está em casa?

> Não, estou na casa de vovó Margarida.

> Posso ir te ver? Tenho um presente pra você.

> Pode, sim. Te espero aqui.

Bloqueei a tela e olhei para a rua. Enfim nos encontraríamos!

---

Algum tempo depois, ouvi um barulho de moto e logo o reconheci, embora estivesse de capacete. Corri para o portão.

Ele estacionou e retirou o capacete, colocando-o no guidão. Desceu e abriu seu largo sorriso para mim.

— Demorei muito? — Pegou um pacote preto pendurado no guidão da moto.

Arrumei o cabelo atrás da orelha e dei um sorriso contido, tentando esconder a ansiedade.

— Não muito.

Ele sorriu novamente e estendeu o pacote para mim.

— Seu presente de Natal.

Peguei-o e sorri também.

— Obrigada.

Ele se apoiou na moto.

— Espero que goste. Mari me ajudou a escolher quando estávamos em Juiz de Fora.

Abri a embalagem e encontrei uma pequena caixa preta no fundo. Puxei-a. Era de uma joalheria. Abri-a devagar e ela revelou um colar de prata com pingente de girassol. Sorri abertamente.

— É lindo, Felipe! Muito obrigada!

Ele estendeu a mão para que eu lhe entregasse a caixa e removeu o colar.

— Posso? — perguntou, indicando o meu pescoço. Assenti e ele se aproximou. Levantei meu cabelo, deixando-o prender a corrente. Em seguida, se afastou um pouco para olhar. — Combinou com você. — Sorriu, fazendo meu corpo estremecer.

Olhei para o colar e passei os dedos sobre o pingente de girassol. Era o presente mais significativo que eu havia ganhado em toda a minha vida.

— Eu... nem sei o que dizer. Gostei muito dele. E... — Ergui os olhos. — Bem, acabo de perceber que não tenho nada pra te dar.

Ele balançou a cabeça e segurou minha mão.

— Não tem problema. Não te dei o presente porque queria algo em troca, mas porque queria que soubesse que é especial pra mim. Te ver sorrindo já é suficiente.

Minhas bochechas queimaram. Seu olhar era firme e profundo. Parecia dizer mais do que sua boca pronunciava. Era o mesmo daquele dia no carro, quando me pedira para ouvir aquela música de amor. Meus batimentos se aceleraram com o pensamento.

— Mel, há tantas coisas que quero te dizer...

Olhei em seus olhos, em silêncio.

— A verdade é que tenho pensado muito em você — continuou. — Em *nós*. — Sorriu com suavidade enquanto navegava em meus olhos. — Não sei quando comecei a te olhar de maneira diferente. Como... mais que uma amiga, sabe? Eu gosto de você. Muito, *muito* mesmo. E até lutei contra isso, porque não queria estragar nossa amizade... Mas tenho orado há algum tempo e não consigo te esquecer. Achei que deveria tentar. Não sei se você sente o mesmo por mim. E tudo bem se não sentir. Mas eu precisava te dizer mesmo assim.

Meu coração podia explodir? Pois parecia que faria isso a qualquer momento. Aquele era o *sim* que eu estava esperando por todo aquele tempo!

*Meu Deus, obrigada!*

— Eu também gosto de você, Felipe. — Sorri, enquanto olhava em seus olhos, e esfreguei os dedos no pingente de girassol. — Para falar a verdade, também tive medo de que não fosse recíproco e estragasse a nossa amizade.

Ele sorriu e se aproximou. Prendeu alguns fios do meu cabelo atrás da minha orelha e segurou meu rosto com a mão.

— Estou muito feliz, Girassol. — Encostou a testa na minha e acariciou meu rosto com o polegar.

Abri um sorriso e fechei os olhos, sentindo meu coração eletrizado. Ele aproximou os lábios dos meus e me beijou, de modo suave e acolhedor, como o toque de uma brisa de verão.

Quando nossos lábios se afastaram, ele sorriu e depositou um beijo em minha testa. Encostei a cabeça em seu peito e ele envolveu minha cintura com os braços.

— É muito cedo para falar com seu pai? — perguntou.

Olhei para cima e dei uma risada.

— Sobre o quê?

— Nosso namoro, ué. — Ele ajeitou meu cabelo para trás. — Pensou o quê? Que eu não falaria com ele?

Sorri e balancei a cabeça.

— Não, é que você me pegou desprevenida. — Ergui a sobrancelha. — Quer ir falar com ele agora?

Ele riu.

— Já vamos, deixa só eu te abraçar mais um pouquinho... vai que ele me mata!

Rimos e pousei a face em seu peito, fechando os olhos. As batidas do seu coração mantinham o meu aquecido.

Agradeci a Deus por ter sido tão bom e ter colocado o Felipe em minha vida. A espera tinha valido a pena. E aquele era apenas o começo de uma nova história juntos.

# Epílogo

## Felipe

**Dois Anos Depois**

Ela estava no jardim da nossa casa, regando os girassóis que plantara. Quando havia pedido a Deus que colocasse alguém especial em minha vida, jamais imaginaria que ele me daria Melissa.

Ele superou todas as minhas expectativas!

O Sol estava quase se pondo no horizonte, distribuindo vermelhos, laranjas e amarelos por todas as nuvens. O cabelo dourado e longo dela brilhava sob a luz do entardecer. Sorri enquanto tomava uma caneca de café e a observava da varanda.

*Minha esposa.* Saboreei as palavras mentalmente.

Havíamos nos casado há poucas semanas. Decidimos fazer a cerimônia em um sítio, ao ar livre, sob a sombra de uma figueira. Foi pequena, mas cheia de amor. Nossos amigos estavam ao nosso lado no altar. Minha irmã havia viajado de Juiz de Fora, em Minas Gerais, para ser nossa madrinha, ao lado de Yago. Theo também foi nosso padrinho e fez par com Stephanie. Nossos pais e familiares também estavam lá, além de algumas pessoas da igreja.

Ela era a noiva mais linda que eu já tinha visto. Não pude evitar as lágrimas quando a vi passar pelo portal e caminhar sobre as pétalas de flores em minha direção. Mariana e Yago cantaram uma canção enquanto ela entrava e eu me sentia o homem mais feliz da Terra.

No momento dos votos, ela me fez uma surpresa. Sentou-se ao teclado para tocar e cantar a música "Quando Deus criou você", de Tatiana Costa com Leonardo Gonçalves. Meus olhos se derramaram ainda mais e tive que usar o lenço do paletó para secá-los.

Durante a troca de alianças, percebi que aquele era apenas o começo do resto de nossa vida juntos, dividindo planos, desejos, sonhos e até mesmo as dificuldades. Queria estar lá para ela, sempre. Eu a amava e era grato a Deus por tê-la confiado a mim.

Aproximei-me dela no jardim e abracei sua cintura.

— Oi, meu Girassol. Sabia que eu amo você?

Ela sorriu. Aquele sorriso iluminava meus dias.

— Sabia.

Fiz cócegas nela.

— E você? — Dei um sorriso matreiro.

Ela bateu no meu braço, como costumava fazer.

— Não faz isso! — reclamou. — Sabe que não gosto de cócegas.

— Poxa! — Fiz muxoxo. — Pensei que me amasse, Girassol.

Ela riu e se virou para mim.

— Para de ser bobo! É claro que amo. Aliás, tenho um presente pra você.

Entrou em casa e eu a segui até nosso quarto. Abriu o guarda-roupa e estendeu uma caixa de madeira para mim. Peguei-a e passei os dedos sobre as letras entalhadas. *M&F*. Nossas iniciais.

— Estava esperando a caixa ficar pronta para te entregar. — Ela sorriu. — Abra, tem uma surpresa pra você!

Abri a caixa e visualizei vários envelopes de cartas dentro dela. Sentei-me na cama e abri uma por uma. Eram endereçadas a um "Querido amor". Ela contava que esperava por esse tal amor e revelava seus medos e suas expectativas. Levantei os olhos para olhá-la.

— São pra mim?

Ela sentou-se ao meu lado.

— Uhum. Escrevi enquanto te esperava, sem saber que era você quem Deus tinha escolhido para estar ao meu lado. Mas continue lendo, ainda não acabou.

Peguei as outras e as li. Em uma, ela havia escrito que queria tocar para seu amor. *Era por isso que havia tocado aquela canção em nosso casamento?* Sorri para ela, que me olhava com curiosidade.

— Obrigado pela música — falei. — Não sabia que tinha pensado nisso antes de me encontrar.

Ela curvou o canto dos lábios.

— Bem, a verdade é que escrevi essa pensando em você.

— É mesmo? Então já estava me amando naquela época?

## Esperarei por Você

— Sim. — Ela encostou a cabeça no meu ombro e apontou para a caixa. — Ainda tem a vermelha, abra.

Fiz como ela indicou e li a carta:

> Querido amor,
> (Ou eu deveria dizer: "Querido Felipe"?)
>
> Agora sei seu nome, o formato de seu rosto e como é seu sorriso. Por sinal, é o mais lindo que eu já vi!
>
> Sou grata a Deus por ter te conhecido.
>
> Esperar por você, sem saber quem seria, não foi fácil. Havia momentos em que eu sentia medo, ansiedade. Desejava ver seu rosto em sonhos para não errar o caminho até você. Mas Deus queria me ensinar a ser paciente, ensinar que meu amor deveria ser d'Ele primeiro para depois ser seu. Só assim poderia transbordar e inundar nosso lar.
>
> Quando olho para você, vejo o cuidado de Deus em cada detalhe. Ele sonhou com nossa união muito antes de nos conhecermos. O maior autor da vida escreveu uma história que eu não imaginaria viver.
>
> Escrevo esta carta no dia do nosso casamento, sentindo-me a mulher mais feliz do mundo por ter você e por estar iniciando uma nova jornada ao seu lado.
>
> Agora seremos um. Um amor, uma família, um lar. Nós e Deus. E mal posso esperar para viver nossos sonhos juntos.
>
> Amo você!
>
> Com carinho,
> Para sempre <u>seu</u> Girassol.

Um sorriso largo estampou meu rosto. Olhei para ela, segurei seu rosto com carinho e a beijei, sentindo-me agradecido por todo amor em forma de cartas. Era grato a Deus por ter cuidado de nós e ter me colocado ao lado de uma mulher tão especial.

# Agradecimentos

Em primeiro lugar, Àquele que tornou esse sonho real. Acredito que esta história nasceu primeiro no coração d'Ele e depois foi confiada a mim para ser levada a tantas meninas que passam pelas mesmas dificuldades que Melissa.

Sou grata a Deus por tê-la feito alcançar e impactar tantas vidas até aqui. E também por, através deste livro, me mostrar um propósito na escrita de ficção cristã.

À minha família que, com muito carinho, torce por cada passo que dou e divulga minhas histórias como se fossem suas.

À querida amiga Alice, que leu a primeira versão desta história e me incentivou a publicá-la. Se não fosse por seu incentivo, eu não teria chegado até aqui. Muito obrigada por acreditar em mim!

À querida amiga Thaís Ferreira, com quem compartilho boa parte dos surtos, das lágrimas, das conquistas e das inseguranças da escrita e que me ajudou a lapidar esta nova versão com todo carinho.

À Novo Século, por ter dado um lar editorial para *Esperarei por você* e levá-lo a ainda mais pessoas. À equipe que trabalhou para deixar esta nova edição em sua melhor forma e, em especial, a Mariana Paganini, por todo carinho e empenho dedicados à produção do livro e por me fazer sentir acolhida durante todo o processo.

E às minhas leitoras, a quem chamo carinhosamente de Girassóis, que abraçaram esta e minhas outras histórias com tanto carinho. O apoio, os compartilhamentos, as mensagens e os testemunhos que recebo de vocês me fornecem força e ânimo para continuar. Obrigada por tudo! Vocês têm um lugar no meu coração!

*Gabrielle S. Costa*

<ns

@novoseculoeditora

Edição: 1ª
Fonte: Cardo e Majestic Romance